新 潮 文 庫

命

命四部作 第一幕

柳 美 里 著

新 潮 社 版

7347

故・東由多加に捧《ささ》げる

薄明かりのなかで目を醒《さ》ました。

いつものように悪夢にうなされたわけでも、眠りが浅かったせいでも、なにかの物音や尿意《にょうい》によって起こされたのでもなさそうだ。わたしの内部の微《かす》かな気配、なにかが起こっていることを無意識のうちに察知して目醒めたのではないか、そんな気がした。

今日は確か五月二十四日だ。そういえば毎年欠かさず東由多加《ひがしゆたか》に誕生プレゼントを贈っているのに、今年は小説の締切りに追われていたせいで忘れてしまった。壁のコルクボードには〈五月十二日誕生プレゼント〉と書いたメモがピンで留めてある。

わたしは原稿依頼のファックスや、購入したい本の書評、興味を魅《ひ》かれた新聞記事の切り抜き、なぜ欲しいと思ったのかさっぱりわからない商品のカタログなどをコルクボードに留《と》めている。二ヵ月か三ヵ月に一度半分以上は棄《す》て、残りは箱にしまい、年末の大掃除のときに箱のなかの大半を棄てる、というのがわたしの整理法だった。ふと、「肺がんに遺伝子治療」という既《すで》に黄ばみかかった新聞記事の切り抜きに目が止まった。日付は今年の二月二十五日。どういう理由で切り抜いたのだろうか、癌《がん》や遺伝子の情報を必要とする小説の構想はないのに。額にてのひらを当ててみる。熱っぽい。何日か前から微熱がつづいているのだが、締切りに追われているとよくあることなので無視していたのだ。手帳をめくって校了してからの予定を確認しながら、前の月のカレンダーを見てみた。四月二十五日から生理がはじまっている。ということは五月二十一日か二十二日にこなければおかしい。その兆候はまったくない。わたしは凍《こお》りついた。

昼過ぎに目を醒まし、近所の薬局に行って判定薬を買って試してみたが、色は変化しなかった。説明書を読むと、生理予定日から一週間以上経過しないと変化しないと書いてある。わたしはふたたび薬局に出掛け、棚に並んでいるぜんぶをレジ台に置いた。毎日やってみるつもりだった。妊娠したという確信があった。

彼には、なんと伝えよう。伝えないほうがいいのかもしれない。生むにしろ、中絶するにしろ、いわないほうがいい。そしてもしほんとうに妊娠しているのなら、別れることになるのではないかという予感がした。

わたしはテレビ局の報道部に籍を置く三十五歳の男とつきあっていた。彼は結婚していた。出逢《あ》ったときは家庭の匂《にお》いがいっさいしなかったので独身だと思った。既婚者だということを知ったのは、肉体関係を持った直後だった。ベッドで、「いまつきあっている彼女いるの?」と訊《き》いたら、瞬《まばた》きをくりかえし、「別居している妻がいる」と答えたのだ。わたしは何度か妻子ある男とつきあい、そのたびに相手の妻に辛《つら》い思いをさせていたので、彼には「今日でおしまいにしよう。つきあうと執着《しゅうちゃく》が生まれて苦しくなるから」といった。

しかし、逢ってしまった。別れよう、別れなければという気持ちが、逢いたいという思いに拍車《はくしゃ》をかけ、毎日電話をし、ほぼ毎日逢った。忙しいときは、三十分お茶を飲むだけということもあったし、「どこにでも行くから五分だけ逢って。立ち話でもいいから」とわたしのほうから悲鳴をあげるように懇願《こんがん》することもあった。最初のうちは「妻とは別居している」という言葉を信じていた。だからつきあってすぐに鍵《かぎ》を渡し、下着、靴下、ハンカチ、パジャマ、髭剃《ひげそ》りなどを買い揃《そろ》え、泊まった翌日のために普段着と他所行《よそゆ》きを一着ずつ買わせてほしいと頼んだが、彼は曖昧《あいまい》な返事しかしなかった。パジャマ以外は着てくれなかったこともあって、別居しているというのは嘘《うそ》だったのだなと気づいたが、妻とは五年間セックスをしていない、離婚届が置いてある異常な関係という言葉は信じていた。いや、そのうち離婚に発展し、いっしょに暮らせるようになると信じたかったのだ。

つきあいが深まるにつれ、彼が妻とわたしのあいだを行ったりきたりして絶妙《ぜつみょう》にバランスを取っていることに堪《た》えられなくなり、常用していた睡眠薬《すいみん》の量が増え、一日中うつらうつらしているような状態がつづき、四十キロ切るか切らないかというところまで体重が落ちて行った。

「このままバランスを取りつづけられるとは思ってないけど、ドラスティックには別れられない」という彼の言葉を、わたしは時間をかければ離婚できるという意味に受け取った。

「あなたの子どもを生みたい。あなたに負担をかけるつもりはない。逢いたいと思ったら、一週間に一度とか一ヵ月に一度、子どもに逢いにきて」と他愛《たわい》のない寝物語をしたこともある。

今後二年間の執筆スケジュールは既に決まっていたし、その初版印税《しょはんいんぜい》の前借りまでしている身なので、子どもを生むなど許されないことだった。

彼は物語をこう引き継いだ。

「自分の子どもが生まれたら、毎日逢いたいし、自分で育てたい。子どもは父親と母親が揃った家庭で育つのが幸せだと思う。週一回とか月一回なんて制限されたら、今度はおれがおかしくなる」

この会話をしたのが四月末、そのひと月後に妊娠するなんて、とわたしは絶句した。小説を校了した日、試薬《しやく》を使ってみたら色がブルーに変化した。微熱も下がらない。どうしようか迷った挙句《あげく》彼に電話をかけ、話したいことがあるので今晩逢えないだろうか、と頼んだ。彼は「なに？」と訝《いぶか》しげな声で訊いたが、わたしは「逢ってから話す」といって電話を切った。六本木で待ち合わせをしてバーに入ったものの、ソルティドッグを四杯飲んでも打ち明けることはできなかった。

わたしの部屋で並んで横になったときに、

「妊娠したかもしれない」と話した。

「そうじゃないかと思った」

といったっきり彼は黙り込み、その夜はつきあってからはじめてセックスをしないで眠った。

つぎの日に話をした。平日だというのに彼は会社に行かなかった。

「結婚してなかったら、バンザイなのにな」

「わたしは迷ってる。でも生むって決めたら別れるしかないでしょう？」

「妊娠したから別れるっていうのは変じゃないか？」

「でも別れるしかない」

「やっぱりお互いの状況を考えると、中絶するしかないのかもしれない」

わたしはごく普通の若い女のように泣きたいと思った。そして、泣いた。

報道の仕事で難民キャンプを取材したこともある彼は、わたしとはどちらかといえば考えを異《こと》にするリベラルな人権主義者だった。彼が生んでほしいと懇願してくれたなら、中絶を決断していたかもしれない。わたしは滑稽《こっけい》だと思いつつ、子どもを堕《お》ろすことは信条に反するのではないかという論理で非難した。

報道マンとしての倫理が蘇《よみがえ》ったのだろうか、彼はきっぱりといった。

「よくわかったよ。第一に考えなければならないのは子どもの命だ」

陽が落ち、部屋は翳《かげ》っていたがふたりとも電気をつける気にはならなかった。

彼はわたしに背を向けたまま いった。

「なんとか離婚するように努力するよ。離婚できなかったらごめん。でも子どもは欲しかったわけだし、いっしょに育てたいし、ずっと離婚しようとあがきつづけるんだろうな」

彼はそのつぎの日も泊まっていった。

「生むと決めたんだから、煙草《たばこ》も酒もだめだし、徹夜で仕事したりしないで。いま、なんの仕事がひっかかってるの？」と訊き、わたしがスケジュール帳を見ながら締切り、打合せ、会食の日時をあげていくと、それは断ったほうがいい、それは問題ない、会食はどうしても断れなかったらアルコールはぜったいにだめだ、とすっかり父親に成り切っていた。

六月十三日日曜日。出血して広尾の〈日本赤十字社医療センター〉に入院した。十四日は『新潮45』誌上で小泉純一郎さんと対談する予定だったが、キャンセルするしかなかった。

原稿のファックスや郵便物や洗濯物や植木の水やりなどを頼まなければならないので妹には妊娠したことを知らせるというと、彼は「まだいわないでくれ。ぜんぶおれがやる。逢わせる顔がないから、いわないで」といい、その日からわたしのマンションに泊まり込んだ。悪阻《つわり》がはじまり、病院の食事が食べられなくなると、彼は毎朝電話をかけてきては、「なに食べたい？」と訊《たず》ね、「ソフトクリーム」というと、溶《と》けないうちにと早足で持ってきてくれた。そして看護婦や医者が回診にやってくると、ごく自然に夫のような態度で振る舞うのだった。

わたしは依然《いぜん》として迷っていたし、一日も早く角川書店と契約している長編小説を書きはじめなければと焦《あせ》っていたが、その一方で生まれてはじめて味わう甘美な生活、好きなひとの子を孕《はら》んだ女の幸福を手放したくないという気持ちに囚《とら》われていた。

彼は以前は電話すらくれなかった土日にも病室にきてくれるので、離婚に向けた話し合いが進んでいるものだとばかり思っていた。あとからわかったことだが、彼の妻は六月初旬から三ヵ月の予定で海外出張のため家を留守にしていたのだ。どんな仕事に就《つ》いているのか詳しい説明はしてくれなかったし、聞きたくもなかった。嘘というのは事実を変えて話すことでもあるが、重要なことを話さないことも嘘である。

六月二十二日はわたしの三十一回目の誕生日で、プライバシー侵害及び名誉棄損《きそん》で告訴《こくそ》されていた処女小説「石に泳ぐ魚」の判決の日だった。外出許可が下りるかどうか心配だったので、主治医には前日まで黙っていた。そして回診のときに事情を説明したのだが、「そういう事情なら、なおさら許可できませんね。出血したらどうするんですか。診断書を書いて渡すからキャンセルしたほうがいい」と強い調子でいわれた。

「わたしにとって不利な判決だと思うんです。記者会見をキャンセルしたら逃げたと思われます」

主治医はとなりの看護婦にいった。

「だったら車椅子《いす》だな。看護婦付き添いで」

「すみません。車椅子に乗って記者会見をやるのはいやなんです。タクシーで行って、終わったらタクシーで戻ってきますから」

なんとか記者会見を終えて病院に戻り、病室のテレビで裁判の報道を観《み》た。戦後初の小説の発禁《はっきん》という最悪の判決でショックは受けていたものの、もうひとつ切迫流産《せっぱくりゅうざん》で入院しているという問題を抱えていたわたしは、なんとかだれにも気づかれずに乗り越えられたと安堵《あんど》し、すぐに眠りに就いた。

翌朝新聞を買ってきてくれた彼は写真を見て、「お腹《なか》が膨《ふく》らんでるのがわかる。見るひとが見れば気づくよ」と不安そうな声を出した。

その夜、眠れぬままにこれまでの彼の言葉を繫《つな》ぎ合わせてみると、離婚は難しいということが浮かびあがってきた。彼は相も変わらず物語を紡《つむ》いでいるだけなのだ。わたしは彼にその気がなければ、離婚を求めるつもりはなかった。彼のほんとうの気持ちが知りたいだけだった。わたしを好きかどうか、わたしたちの子どもの誕生を祝福してくれるのか、それともこころの奥底では呪《のろ》っているのか、それだけをはっきりさせたかった。

わたしは禍々《まがまが》しい濁流《だくりゅう》に飲み込まれそうで不安だった。エッセイやインタヴューでは、わたしにとって生きるとは書くことです、などと断言していたが、小説などどうでもいいような気になっていた。ただ、恐ろしかった。支えが欲しかった。

退院の前の日、病室に現れた彼に唐突《とうとつ》に伝えた。

「やっぱり中絶する」

「じゃあ、なんで入院したの？」

「ひとりで育てる自信がない。別れよう。鍵を返して」

「お願いだから、元気な子を生んでくれ。たぶんおれの子どもはその子だけだと思うんだ」

「鍵返して！」

「ぜったいいやだ。返したら中絶するつもりだろ」

という押し問答がつづいた。

「じゃあ、返すよ。返すから中絶しないって約束して」といって彼はポケットからわたしの部屋の鍵を取り出した。

そのときどこからか産声《うぶごえ》があがり、あわただしく廊下を走る看護婦の足音が聞こえた。呱々《ここ》の声はわたしを責《せ》め断罪《だんざい》しているようでもあり、彼に執着するわたしの煩悩《ぼんのう》を救済してくれるようでもあった。切なく、甘く、力強い赤ん坊の産声がいつまでも響き渡っていた。

クロゼットのなかの冬物をクリーニングに出して夏物に入れ替えたあと、わたしはひさしぶりに東に電話をかけてみようと思い立った。

東由多加は〈東京キッドブラザース〉というミュージカル劇団の作・演出家である。いまやキッドといっても、わたしより若い世代にはほとんど馴染《なじ》みのない劇団かもしれないが、七〇年代から八〇年代にかけて他の追随《ついずい》を許さない観客動員数を誇り、日《に》生《っせい》劇場、新宿コマ劇場、後楽園大テント、日本武道館などで公演し、アメリカ、ヨーロッパにまで遠征するという人気劇団であった。わたしは一九八四年、十六歳のときに研究生として入団し、二年間在籍した。

東由多加がどのような人物かを説明するのは難しい。怪物的で複雑な内面を持っているようにも、おそろしく子どもっぽい無邪気《むじゃき》さを持ちつづけているようにも見え、彼の周囲のひとびとは孤独でいささか滑稽な小王国の暴君《タイクーン》として遇《ぐう》していた。

わたしは十七歳からおよそ十年間、東と生活をともにしていた。いっしょに過ごした時間からすれば、親きょうだいよりも遥《はる》かに長く、親密な関係を結び、別れてからも月に一、二度は電話したり逢って話をしたりする関係を持続していた。

子どもを生むべきかどうかを相談しようと思ったのだが、いつものように最近の出来事についての話で終始《しゅうし》した。

話題が尽きて電話を切ろうとしたとき、「食べ物が詰《つ》まるようになってね」と東がいった。「それで?」わたしは全身を強張《こわば》らせて受話器を握りしめた。「いつもは翌日にはどうってことないのに、今度のは二週間もつづいてるんだ。みんなは医者に診《み》てもらえっていうんだけど、そんな気になれなくてね。それでは、また」と東は明るい声で電話を切った。

わたしは一九九五年二月のことを思い出した。

夕食の最中、東が生姜焼《しょうがやき》の肉片を詰まらせて洗面所に駆け込んだのである。「どうしたの?」と訊くと、手で胸もとを押さえ、「ここらへんで詰まったけど、吐いたからだいじょうぶ」といって顔を顰《しか》めた。

もし、当時〈セゾン劇場〉の芸術監督をしていた俳優で演出家でもある高橋昌也《まさや》さんの話を伺《うかが》っていなければ、わたしは気にも留めなかっただろう。その二、三ヵ月前、高橋さんはわたしに〈セゾン劇場〉で上演する戯曲を書かせようという企画を考えていたようで、劇場下のレストランでお逢《あ》いすることになった。高橋さんは食道癌《がん》の大手術を終えられたあとだった。食べ物が喉《のど》に詰まるようになりおかしいと思いながらも一年近く放置したら、なにも食べられなくなり、いよいよおかしいと〈国立がんセンター中央病院〉で診てもらったところ食道癌と告知され、既に手術は困難というところまで進行していたそうだ。手術は奇跡的に成功し、いまなお演劇界の第一線で活躍されている高橋さんだが、一年前に診察を受けていたら、という強い悔恨《かいこん》の念がわたしにも伝わってきた。

その夜、〈友人の東由多加が高橋さんと同じ症状を訴えているので、できれば国立がんセンターで診察を受けさせたいのですが、紹介していただけないでしょうか〉という内容の手紙を書いてファックスしたところ、高橋さんは快《こころよ》く紹介の労を取ってくださった。

ところがそのころ、というより、一年ほど前からわたしたちのあいだはうまくいかなくなっていた。なんといっても東とわたしは演出家と研究生として出逢ったのであり、劇団を離れてからもわたしの師として影響を及ぼしつづける東に威圧感《いあつかん》と束縛《そくばく》を感じないわけにはいかなかった。次第に日々の生活が息苦しくなり、一刻も早く自立したいと考えてはいたものの自分の口から別れを切り出すことはできなかった。その代わり、朝まで飲み明かした勢いで友人や男の部屋を泊まり歩き、束《つか》の間《ま》の自由を得ようとしていたのである。

がんセンターを予約した日の前日、わたしは帰らなければと思いながらずるずると時間を延ばして飲みつづけ、朝九時に男の部屋で目を醒《さ》ました。予約は十時、いまなら間に合う、とあわてて服を身につけタクシーに飛び乗ったが、マンションに着いたのは十時をすこし過ぎていた。

東はリビングのテーブルで本を読んでいた。

「早く支度して」わたしは息を切らしていった。

「何時だと思ってるんだ。いまさら行けるわけがない」東は本から顔をあげずに冷ややかにいった。

自分が悪いということはわかっていたので反論はできなかったし、高橋さんに再度お願いすることもできないとあきらめた。

そして五ヵ月ほど経《た》ったある日、わたしはマンションを出てひとり暮らしをはじめたのである。

なぜ前の日に帰らなかったのだろう、癌ではないと軽く考えていたのか、無意識のうちにもし癌だと宣告されれば一生別れられないのではと恐れ、裏切ることで関係を破綻《はたん》させたかったのか、いま考えてもよくわからない。しかし、もしかしたらという恐怖は癌細胞のようにわたしのこころの奥底で進行していたのである。

わたしは受話器を置き、呆然《ぼうぜん》としながらも意識の芯《しん》で今度こそ食道癌だと確信した。

翌朝電話をかけ、「エリア・カザンの『自伝』読んでみない？　上下巻で長いけど、とっても面白いよ」と誘うと、東は午後四時にわたしのマンションにくると約束をした。

どうやって診察の話を切り出そうかと考えつつ、とりとめのない話をしているうちに六時近くなったので、出前のメニューを何種類か取り出し中華に決めて、チャーハン、五目スープ、焼売《シューマイ》を注文した。

しばらくして出前が届けられた。

「よく嚙《か》んで食べれば平気なんだ」と東はチャーハンを口に運んだ。三口目を食べたとき、うっと呻《うめ》いてテーブルの上のティッシュペーパーを乱暴に引き抜き、口のなかのものを吐き出した。そしてうつむいたまま、苦しそうに塊《かたまり》が食道を通過するのを待っているようだった。

「つい嚙むのを忘れて飲み込んじゃった」彼は照れたような笑顔を拵《こしら》えた。

「病院に行こう」わたしは立ちあがった。

「そのうちね。だって今日は土曜日でしょ？」

「救急だったらだいじょうぶ。日赤は歩いて五分だし」

東を病院に連れて行くことしか頭になかった。わたしは〈日本赤十字社医療センター〉に電話をかけ、診察してもらえることを確認した。

　わたしたちは無言のまま日赤の門を通り抜け救急受付に向かった。

　名前を呼ばれ、東は診察室に入った。

　診察室前の長椅子では赤ん坊を抱いた母親、松葉杖《まつばづえ》の若い男、中南米人らしき三人の男女が順番を待っていた。救急病棟の緊張感はなく、地方都市の駅舎の夜の待合所に似ていた。呆《ほう》けたように彼らを眺めていると、東が診察室から出てきて、「レントゲン」といってわたしの前を通り過ぎ、廊下を歩いて奥に消えた。十分もしないうちにレントゲンの封筒を手に戻ってきた東はふたたび診察室に入り、五分ほどで終了した。

「どうだった？」わたしは病院の外に出てから訊《き》いた。

「月曜日の十時に診察にこいだってさ。きっと癌だよ。医者は食道の潰瘍《かいよう》だろうっていうんだけど、ちょっと苦しいよね。しつこく酒と煙草《たばこ》の量を訊いてたし、まず間違いないと思う」

　まるで歯科医院から出てきて、やっぱり虫歯だったよ、とでもいうような軽い口調だった。わたしは黙ってうつむいた。もしべつの病名を口にしていたら、そんなはずはない、もう一度診てもらおう、と叫んでいたかもしれない。

ついこのあいだまで入院していた産科病棟に目をやった。わたしは受胎《じゅたい》し、東は癌を告知されたも同然だ。いったいなんの符牒《ふちょう》だというのだろう。泣くか笑うかしたい気分だったが、哀《かな》しさもおかしさもこみあげてこなかった。構内にはなまあたたかい初夏の風が吹いていた。わたしたちは帰るための道しるべを失い不気味な森を彷徨《さまよ》うヘンゼルとグレーテルのようだった。

「月曜日の九時に内科受付で待ち合わせということでいい？　起きられる？　迎えに行ったほうがよければ、そうするけど」

「いいよ、かならず行く」

そういって、東はタクシーを止めて乗り込んだ。見送ったあと、わたしは必死になって癌であるはずがない理由を数えあげようとした。まだ癌だと告知されたわけではない、二十代前半の若い医者だったがインターンかもしれない、すくなくとも癌の専門医ではないはずだ。内視鏡《ないしきょう》もCTスキャンもしていないのに癌だと断定できるものか。月曜までなにも考えないことにしよう、わたしは疲れているのだ、とても——。

振り返ると、まるで何十人、何百人の患者たちが全身を汗ばませ息を潜《ひそ》めているかのように、病院は暗く静まり返っていた。

わたしが出産を決意したのはこの日だったと思う。生と死がくっきりとした輪郭《りんかく》を持って迫ってきたとき、胎内の子と東のふたつの命を護《まも》らなければならないという使命感にも似た感情に激しく揺《ゆ》さぶられたのだ。東が癌にならなければ、わたしは堕胎《だたい》していたかもしれない。ひとつの命の終わりを拒絶《きょぜつ》した者に、どうしてもうひとつの命のはじまりを奪うことができるだろうか。わたしは胎児と癌というふたつの存在が、命という絆《きずな》で結ばれたような不思議な感覚を持った。そして命の誕生と再生にでき得る限りの力を尽くし献身《けんしん》しようとこころを決したのだった。


七月五日。わたしは東のあとについて〈日本赤十字社医療センター〉の内科診察室に入った。身長は低いが、がっしりした体躯《たいく》の初老の医師がカルテに目を通しながら粗野《そや》とも陽気ともつかぬ大声を出した。

「一時半に内視鏡の検査にきなさいッ。いいねッ。予約をちゃんと取っておく、といってもわたしがやるんだがね。お昼は食べちゃだめだッ」

「胃カメラですか？」東が困惑した表情を浮かべてわたしを見た。

「はじめてかい？　なに、どうってことないッ」胸をどんと突くような声でいった。

日赤の近くの喫茶店で時間を潰《つぶ》した。

「できるだけ吐いておこう。みっともないことになるからね」と東は何度も洗面所に行き、内視鏡への恐怖でパニックになっているようだった。

約束の時間に検査室に入り、三十分ほどで出てきた。

「やっぱり癌だった。内視鏡の写真を見せられたけど食道はヒドイ状態だ。どうしてこんなになるまで放っておいたんだっていわれたからね。間違いない。それにしても胃カメラにはまいったよ。死ぬかと思った」

まるで癌の告知よりも堪えられない、とでもいうように内視鏡に毒づいてから、

「明日またこいだってさ。インフォームドコンセントってやつだろう」

と、ほんとうに怖くないの、と訊く気さえ起こさせないほどの快活さでいった。

東と別れたわたしは、すぐに新潮社の担当編集者でもあり友人でもある中瀬ゆかりさんに事情を説明して、〈国立がんセンター中央病院〉に東を入院させなければならないので、至急石井昂《たかし》さんに連絡を取ってほしいとお願いした。石井さんは『新潮45』の元編集長で、四年前に五年生存率七パーセントという肺の小細胞癌を宣告され、見事に克服されたかたである。夕方になっても石井さんと連絡が取れないので、四年前の非礼を顧《かえり》みず、高橋昌也さんに再度、がんセンターの医師を紹介していただきた

いという内容の手紙を書きファックスで送った。

夜になってケイタイの留守録を聞くと、「七月七日九時に診察の予約を取りました」という石井さんのメッセージが入っていた。東に電話して了解を取り、ひとまず安心していると、高橋さんからも、「予約を取りました」というファックスが届いたのである。わたしはあわてて高橋さんに電話をかけ、平謝《ひらあやま》りに謝るしかなかった。一刻の猶予《ゆうよ》もなかったし、日赤で癌を告知されたとしてもセカンドオピニオンは必要だった。そしてなによりも入院するのであれば、がんセンター以外には考えられなかった。高橋さんにはほんとうにお詫《わ》びの言葉もないが、わたしは手段を選べないほど焦《あせ》っていたのだ。

七月六日、日赤内科診察室の机の上には内視鏡の写真が置かれていた。おそるおそる覗《のぞ》き込むと、腫瘍《しゆよう》で膨れあがり赤く爛《ただ》れたグロテスクな食道が写し出されていた。医学の知識が皆無でも、それがどんな状況を示しているのか想像がついた。

「わたしは手遅れだと思うんだがね。外科の医師に相談したら、手術しかないというんだ。すぐにでも入院して手術を受けてもらうしかない」

前日とは打って変わって、厳粛《げんしゆく》さを帯《お》びているというより、疵《きず》ついているかのような低く細い声だった。

「たいへん申し訳ないのですが、実は友人の紹介でがんセンターに入院することになりました。つきましてはレントゲンと内視鏡の写真、そして紹介状をいただきたいのですが」

とわたしはくりかえし練習しておいた言葉を澱《よど》みなくいった。

医師は思いのほかあっさりと、「がんセンターだったら、そっちのほうがいいだろうね。わかりました」とつぶやき、その場で紹介状を書いてくれた。

ずっとあとになって、もしあのまま日赤に入院して手術していたらどうなっていただろう、と東に訊いたことがある。

「確実に死んでただろうね」

東はくすりと笑って、そう答えた。

手術が成功した例が数多くあるというのも事実なのだろうが、医者の世界では内科医より外科医の発言力が強いのではないかと思われる節《ふし》がある。また、極端にいえば外科医の頭には、「手術で治らないのであれば、要するに打つ手がないということだ」という考え方が根本にある気がしてならない。患者は医師から手術を勧《すす》められれば逆《さか》らい難《がた》いものだし、手術さえすれば助かるのではないかという気持ちにさせられてしまう。しかし医師の診断はぜったいではない。わたしも、あのとき手術をしていたら命を失ったか、すくなくともいまでもベッドから起きあがれない状態になっていたと考えている。早期に発見された癌《がん》でない限り、手術にはよほど慎重を期すべきであろう。ある医師によれば、症状に関わりなく癌の手術をしたというだけで、およそ十パーセントの患者が死亡しているのだそうだ。医師も患者も、この事実を重く受け止めるべきだと思う。

七月七日午前九時。がんセンターの二階にある消化器《しょうかき》内科の診察室に入る。三十代前半だと思われる室圭《むろけい》先生は持参《じさん》した資料に目を通したあと、「あなたは東さんとどのようなご関係ですか?」とわたしに訊《たず》ねた。

「家族のようなものです」

と咄嗟《とっさ》に答えて顔を赤らめた。家族のようなものとはいったいどういうご関係ですか、と問い直されたら説明のしようがないが、いまもってほかに思いつかない。

「そうですか。じゃあはっきりいっていいね」

「どうぞ、なんでもおっしゃってください」

そういった東の首筋を手で軽く押してから、室先生はなんの感情も込めずに告知した。

「食道癌が原発巣《げんぱっそう》で、いま触《さわ》ってわかったけれど、リンパ節《せつ》に転移しています。ほかの臓器は検査をしてみなければわかりませんが、可能性はあると思います。すぐに入院して検査を受けてください。内科治療でいくしかないでしょうね」

「ステージはいくつですか?」

わたしは東が日赤の救急で診察を受けた翌日、書店に行って何冊もの医学書を購入し、食道癌に関する箇所《かしょ》を読み漁《あさ》っていたので、病期分類《ステージング》について質問した。ステージは転移の有無やその箇所などによる癌の進行具合を示す物差しである。

「リンパ節に転移したという段階で、ステージⅣと判断します」

わたしは頭部を思い切り殴打《おうだ》されたような衝撃《しょうげき》を受けた。後に室先生はステージⅢだったと修正したが、ステージⅢであっても五年生存率は十パーセント未満である。ステージⅣであれば、どんな治療を受けても五年生存率はゼロと宣告されたに等《ひと》しい。一年生きられるかどうかというほどの末期なのだ。わたしは叫び出したい衝動《しょうどう》を辛《かろ》うじて抑えた。

「入院は明日。八日でどうかな?　まず徹底的に検査する必要があります。もし個室を希望されるなら、明日をはずすと当分空きが出ません」

東は医師の前ではそうしようと決めているのか、微笑を浮かべて首を傾《かし》げた。

わたしは有無をいわせぬ強い口調で、

「明日入院します。よろしくお願いいたします」

といって、家族のようなものとして深々と頭を下げた。

外に出て、わたしは七月の燦爛《さんらん》たる陽光を浴びてそびえる十九階建ての〈国立がんセンター中央病院〉を誇らしげに見あげた。しかし、闘いはまだはじまったばかりで、単にひとつのハードルを飛び越えたに過ぎない。わたしにはどういうわけかこの病院が治療の最終場所だとは思えなかった。目標は、東の体内の癌をすべて消滅させることだ。医学的にはあり得なくても、かならずそうして見せる。希望という病にかかってなにが悪い！　わたしは胸のうちで叫んだ。

病院の窓ガラスに自分の顔を映していた東が振り返った。

「ね、おれ痩《や》せたかな。癌顔《がんがお》してる？」

わたしは、口もとをほころばせてはいるものの、はじめて見せる東の不安そうな顔から目を逸《そ》らすまいと踏ん張った。目の前の顔はげっそりと頬《ほお》が落ち、死の翳《かげ》を漂わせて憔悴《しょうすい》し切っている。

「普通だと思う。ぜんぜん痩せてない」

東を初台の自宅に送るタクシーのなかでメモ用紙に、歯ブラシ、石鹸《せっけん》、パジャマ、スリッパ、ティッシュ、箸《はし》、スプーンと入院に必要な物を書き出して渡した。

「ちょっとした引っ越しだな」

と東は窓の外に顔を向けたまま、メモ用紙をポケットにおさめた。

子どもを生むと決心したものの、彼との関係を絶ち切ることはできなかった。別れようと思えば思うほど、未練《みれん》、執着心は強まるばかりだった。わたしはこれまで痴情《ちじょう》の果てに狂態《きょうたい》を演じ、男を刺したりする女の気持ちが理解できなかったが、まさか我が身に血腥《ちなまぐさ》い情念が吹き荒れようとは思いもしなかった。

彼は沖縄に撮影しに行くという連絡をくれたが、わたしは撮影というのは嘘《うそ》で、妻とふたりで旅行に出掛けたのだと思い込んでいた。砂浜で太陽を浴びて寝そべっている夫婦の姿を思い浮かべながら、嫉妬《しっと》に狂って嗚咽《おえつ》を嚙《か》み殺した。彼は泳ぎ疲れて眠っているのだ、妻のとなりで——。目を閉じても眠れず、わたしは小説を一行一行書いて行くようにディテールを積み重ね、まるでその場に居合わせているかのように夫婦の夏休みを作りあげて行った。そして朝になるころにはへとへとになっていた。

彼が沖縄に行って五日経《た》った。わたしは片時も妄想のなかの彼の行動から目を離すことができなかった。それにしても「中絶する」といい張り鍵《かぎ》を返してもらったのだから、堕胎しているかもしれないと思っているだろうに、妻と海水浴に興じられる神経がわからなかった。わたしは彼に長文の手紙を書き、最後の何枚かを罵《ば》倒《とう》と呪《のろ》いの言葉で埋め尽くして宅配便で会社に送った。

数日後、「戻りました。電話をください」という彼からのメッセージを聞き、ケイタイの電源を入れてしまった。一時間も経たないうちに着《ちゃく》メロが鳴り、電話に出ると、「信じて。妻となんて行ってないから。撮影で忙しかったんだ。今度その番組が放送されるからわかるよ。信じて」と彼は連呼した。

ずっとあとにその番組を観《み》て、ほんとうに撮影に行っていたのだということがわかったが、なぜ、「妻は海外に三ヵ月間出張に行っているから、いっしょに旅行に行けるはずがない」といわなかったのか。そう説明されれば疑いはしなかったのに。なぜ、妻が自宅にいるかのように振る舞いつづけたのだろう。家庭を犠《ぎ》牲《せい》にしてまで、わたしに逢《あ》いにきているのだと思わせたかったのだろうか。「妻のいない三ヵ月間はいっしょにいられるけれど、帰国したら、また以前のように土日は連絡できなくなるし、たまにしか泊まれなくなる」とはっきりいってくれれば、その状況を受け容《い》れるか、拒絶するか、最初のうちに選択していただろう。ほんとうは古い歌詞のように、どうせわたしをだますなら、だましつづけてほしかった、のかもしれないが、わたしは彼の曖《あい》昧《まい》な言葉に妄想を掻《か》きたてられ、自分に都合よく解釈し、その分深く疵ついてしまうのだった。

そのときはまだ妻が海外出張中だということを知らなかったわたしは、彼との未来にしがみつこうとしていた。彼は受話器越しにわたしの猜疑《さいぎ》が萎《しぼ》んで行くのを感じ取ったのか、「これから行ってもいい？」といった。

汗っかきの彼は部屋に入るなり服を脱ぎ、シャワーを浴びた。そしてトランクス一枚でマットレスの上に横たわった。

「編集者とか、おれの同僚とかお互いけっこう紹介しちゃったよね。こんなことになるとは思わなかったからなぁ。そのうちどこかに書かれるかもしれない。迂闊《うかつ》だったよな」

陽に焼けて皮が剝《む》けた彼の顔を見ているうちに無性《むしょう》に腹が立ってきた。

「そんな周囲のことより、わたしのことを気にしたら？ 認知《にんち》と養育費を求めたらどうするの？」

「脅《おど》すのか」彼は目を見ひらき、声を緊張《きんちょう》させた。

その言葉にかっとした。

「どうして認知と養育費を求めることが脅しになるの？ 当たり前のことでしょう？本来ならあなたから子どもの将来を考えて申し出るのが筋《すじ》だと思う」

「なにも求めないといったよね？」

「確かにいった。でもあなたが変わったから」

気まずい沈黙が流れた。

「中絶してくれないかな。もうすぐ四ヵ月でリスクが大きいのはわかってるけど、お願いだ、中絶してくれ」

わたしは彼の顔に枕《まくら》を投げつけた。

枕を顔からどけて、彼はもう一度いった。

「中絶してほしい」

「なんでそんなことというの？　このあいだは生んでくれっていってたのに」

「入院してるときはぜんぜん考えなかったのに、中絶するなんていうから揺《ゆ》れてしまった。それに、いろいろ考えるとやっぱりそのほうがいい」

「ぜったい生む。きちんと話し合いができないのなら、弁護士を通して認知と養育費を求める」

自分でも思いがけない言葉を口にしたのは、中絶しろといわれたことに取り乱したのか、愛情を確かめるために彼を追い詰めようとしたのかわからなかった。わたしには、いつでもこころの奥に憎悪《ぞうお》の油を蓄《たくわ》えていて、点火すればあっという間に燃えさかるという厄介《やっかい》な性癖があった。

「おれに死ねっていうんだな」

「どうして最低限のことを求めるのが死ねってことになるの？　話にならない。帰って！」

彼は立ちあがってのろのろと服を身につけ、出て行った。内側から鍵をかけたとき、その音がわたしの胸に止《とど》めを刺すかのように木霊《こだま》した。

『新潮45』に「『朝日新聞』社説と『大江健三郎氏』に問う」と題する、両者がわたしの小説「石に泳ぐ魚」の〝プライバシー裁判〟に対して行った論評への批判を六十枚書かなければならなかったが、締切りはとうに過ぎ、落ちるか落ちないかの瀬戸際《せとぎわ》だった。書かなければ、とワープロの前に座ったが錯乱状態のわたしには一行も書けない。でも書かないわけにはいかない、と気持ちを落ち着かせてワープロを打ちはじめ、腹痛を無視して打ちつづけ、十一時過ぎ、思わずからだが強張《こわば》るほどの痛みが突き抜けていった。トイレに行くと、下着が血で染まっていた。六月に入院したときとは違って、鮮血《せんけつ》だった。流産しかけている。もう手遅れかもしれない。病院に行ったらすぐ手術ということになるのだろうが、いま手術したら原稿を落としてしまう。そして明日は夕方六時半から、前回の入院でひと月延期した小泉純一郎さんとの対談に出掛けなければならない。日赤の救急受付に電話して分娩室《ぶんべん》につないでもらった。症状を説明すると、入院の支度《したく》をしてすぐくるようにといわれた。わたしは担当の中瀬さんに電話して事情を説明し、入院してもいいかどうか訊ねた。中瀬さんは、「ここは友人としてではなく、編集者として作家柳美里にお願いします。対談と原稿を終えてから入院してください」と苦しげな声を出した。

わたしは子どもの生死だけでも確認してもらおうと、財布《さいふ》と診察券と保険証をポケットに突っ込んでタクシーに乗り、日赤に行った。車椅子《いす》で産科病棟の分娩室に運ばれた。夜勤の医者が現れ、超音波で子宮《しきゅう》内の映像を見せられた。

「ほら、ここに、チカチカしてるでしょ？　この星みたいに瞬《またた》いているのが心臓です。しっかりしたビートですよ。でもかなり出血しているから、このまま入院してください」

「仕事があって、入院するわけにはいかないんです」

「赤ちゃんがどうなっても知りませんよ」

「土曜か日曜にかならず入院します」

わたしは帰宅し、ワープロの前に座ってキーを叩《たた》いた。なによりも胎内《たいない》の子が生きているということがうれしかった。ときどき下腹部に痛みが走ると、てのひらで押さえて、もうすこしだけ我慢《がまん》して、と語りかけながら徹夜し、翌日の午後三時に四十枚の原稿とフロッピーを編集部に送ることができた。一時間だけ横になってタクシーに乗り、対談場所の銀座の中華料理店に向かった。

朦朧《もうろう》としていてなにを話しているかわからなかったが、なんとかやり終えることができた。小泉純一郎さんは政治家らしからぬというより、わたしが欧米の優れた政治家に対して抱いていたイメージ、ユーモアと繊細《せんさい》さと豪気《ごうき》さを併《あわ》せ持ったひとであった。

「今でもおやじの夢をたまに見るよ。（中略）六十五で亡《な》くなったんだけど、夢で話してる。ああ、おやじ死んでなかったんだって思う。でも目が覚めて、ああ、やっぱり死んだんだって」という小泉さんの言葉が印象に残っている。

対談を終えてタクシーで戻り、三時間ばかり眠って原稿を書きはじめ、翌日の夕方にラスト二十枚のフロッピーを送ることができた。

その夜、わたしはふたたび日赤に入院した。

七月十六日。一週間に及ぶ血液、レントゲン、心臓超音波、CTスキャンなどの検査が終了し、十八階の面接室で室先生によるインフォームドコンセントが行われることになった。わたしは主治医に、「父ががんセンターに入院していて、容体《ようだい》が悪化したので」と嘘を吐《つ》いて外出許可をもらい、タクシーで広尾の日赤から築地《つきじ》のがんセンターへ向かった。

紹介していただいた石井さんと、入院の際東の保証人を引き受けてくれた中瀬さんに同席してもらった。わたしひとりでは心許《こころもと》なかったからだ。

室先生は内視鏡とCTの写真を示しながら、食道を原発にして肺、肝臓、リンパ節に転移していると説明し、「外科医を交えた医師団で検討した結果、抗癌剤と放射線《ほうしゃせん》による治療しかありません」と明確な方針を述べ、わたしたちの顔を見まわした。

「治療を受けないで、このまま放置したら、どのくらい生きられるんでしょうか」東が訊《たず》ねた。

「おそらく一ヵ月で、食事ができない状態になるでしょう」

「それでは治療をしたとして、どのくらい生きられますか？　普通の生活でという意味ですが」

「八ヵ月はだいじょうぶでしょう」

まるで天気の予想でもしているかのような深刻さの欠片《かけら》もないやりとりに疵《きず》ついたのか、中瀬さんの目からどっと涙があふれ、わたしもCTの写真を凝視《ぎょうし》したまま泣いた。こんなときはだれかが泣いたり叫んだりしなければおかしいのだ。淡々《たんたん》と語られ、頷《うなず》き合う場面ではない。そう、もっと前に泣くべきだった、とわたしは挨拶《あいさつ》程度に一度紹介しただけの見ず知らずの他人だといってもいい東のために涙を流してくれている中瀬さんに深く感謝した。

「三週間を一クールとして抗癌剤と放射線治療を行い、二週間休んで、二クール目を三週間行います。一週間の治療は土日は休むので五日間です。はじめるならば、七月十八日からでどうでしょう」室先生はスケジュールを述べた。

「わたしは肺癌をこの病院で手術し、抗癌剤は拒否したんですが、東さんに副作用について説明していただけませんか？」石井さんがいった。

「一般的に吐き気、だるさ、食欲不振、喉《のど》の痛みなどがあります。個人差はあるんですが、脱毛、口内炎、食道炎になり、狭窄感《きょうさくかん》などを訴えるひともいます。それに放射線による白血球《はっけっきゅう》の減少と、それにともなう肺炎などの感染《かんせん》も考えられます。治療を受けられますね？」

東は黙って室先生の顔を見詰めている。

「くりかえしますが、もし治療をしなければ一ヵ月で食道が塞《ふさ》がって食べ物が喉を通らなくなります。どうしますか？」

「自殺するんでしょうね」東は挑戦するように即答した。

室先生も石井さんも中瀬さんも当惑したように視線を泳がせて沈黙した。

しばらくして、東は穏やかな声でいった。

「ごく普通に一年間生きられるなら、治療を受ける意味はあると思うんです。しかし副作用で苦しんだ挙句寝たきりの状態になるんだったら割が合わない。すこし考えさせてください」

わたしも、東が二ヵ月にわたる闘病をして、せめて一年間、いや三年間は普通に生活できなければ意味がないと思った。治療を受ければ一年間は普通に生きられますよ、と嘘でもいいからいってほしかった。室先生もおそらくどんな患者にもこのような物いいをするというわけではないのだろう。この患者には嘘を吐かないほうがいいと判断したのかもしれないが、あまりに率直《そつちよく》過ぎはしまいか、とわたしは内心の苛立《いらだ》ちを隠せなかった。

「それでは、わたしは席をはずしますから、みなさんで相談して結論を出してください」

室先生は立ちあがって、看護婦とともに部屋を去った。

「ぼくは放射線治療を受けたほうがいい、抗癌剤《こうがん》もやるべきだと思いますよ」石井さんが励ますようにいった。

東は真《ま》っ直《す》ぐわたしの目を見た。

わたしはなにもいえなかった。

選択の余地はないと思うものの、治療が一年程度の延命しかもたらさないのだとしたら、わたしでも自殺を考えるだろう。なにか方法を考えなければ、と焦《あせ》ってはいたが、具体的な提案など思いつくはずもない。室先生の診断通りだとしたらあまりにも無力だ、わたしは医学も人間の力ももっと逞《たくま》しいはずだと確信に近いものを持っていた。治療を受けるしかない、わたしは東に無言でそう伝えた。

「じゃあ治療を受けます」

東はなにごともなかったかのようにいった。

日赤のベッドに横たわっていても、意識から離れないのはがんセンターで抗癌剤と放射線治療を受けている東のことだった。室先生が説明した副作用が現れるのではないかという不安で胸が塞がれる思いだった。根治する可能性があれば堪《た》えられるかもしれないが、わずか一年程度の延命でしかないのだ。

彼はふたたび毎日のように見舞いにきていた。

退院が近づいたある土曜日、病室でポケベルが鳴り、「だれだろう」と首を傾《かし》げながら彼は電話をかけた。応対を聞いて相手は二十代の女だと直感した。つきあいはじめたばかりだから電話番号を記憶していないのだ。電話の相手が性的な関係を持っている女かどうかに関しては勘《かん》が働き、驚くほど正確に当てることができる。妻の妊娠中に夫が浮気《うわき》するという話はよく耳にするが、わたしは妻ではない。妻にしてみれば、わたしも二十代の女も夫の浮気相手であるということには変わりないし、既婚者だということを知りながらつきあっているのだから、ほかの女との関係に腹を立てるのはおかしいと思ってはいても、激しい嫉妬《しっと》を抑《おさ》えることができなかった。わたしは病室のベッドの上で、混沌《こんとん》とした愛憎に身悶《みもだ》える我が身を呪《のろ》いつづけた。

二週間で容体は安定し、退院することができた。わたしは彼との連絡を絶つためにケイタイの番号を変えた。しかしその夜インターフォンが鳴った。わたしはモニターに映っている彼の顔をしばらく眺《なが》めていたが、ついに堪えきれず解錠《かいじょう》ボタンを押し、待ちかねていたかのように走ってドアを開《あ》けてしまった。

彼が訪れるたびに罵《ののし》り合い、夜になると彼が買い物に出掛けて食事を拵《こしら》え、食べ、また喧嘩《けんか》し、疲れ果てて眠るという既にパターン化していた生活をくりかえし、暦《こよみ》は七月から八月に変わり、わたしのお腹《なか》は次第に大きく膨らんでいった。

これで最後だということさえあやふやだったが、とにかく決着をつけなければ精神的におかしくなってしまうと切羽詰《せっぱつ》まって、訣別《けつべつ》の手紙を速達で送った。冷静に読めば、ただ怨嗟《えんさ》を打《ぶ》つけただけの、訣別とはとてもいえない内容で、無人島で救命の烽火《のろし》をあげるような虚《むな》しい行為に過ぎなかった。

翌日の夜、インターフォンが鳴った。わたしはほんとうにこれが最後の話し合いだとこころに決めて、彼を部屋に招き入れた。

「いざとなったら離婚して、お袋と育てるから」と彼がいった。

「おかしなこといわないで。わたしが育てます。その代わり認知と養育費は求める」

わたしにとってはある意味でどうでもいいことだったが、子どもには父親から認知されて養育費を受け取る権利があり、彼にはその義務があると思った。

「じゃあ親権《しんけん》を争うよ」

なによりも妻に知られることを恐れているのに、離婚だの親権だのと口走る彼の真意がわからなかった。自分が吐いた大きな嘘《うそ》の渦《うず》のなかで、なにかしらの真実を求めてあがいていることだけは理解できたが、虚空《こくう》を両手で必死になって掻《か》きまわしているとしか思えなかった。

「ジャーナリストでしょう、原則として親権は母親に認められるということも知らないの？　それに結婚してるのに、どうして親権を争えると思うの？」

「さぁ、どうかな。送られてきた日記みたいな三冊のノート、あれを調停《ちようてい》委員に見せたらどうだろうね」

　まさしく泥沼の様相を帯びはじめていた。狂気じみた愛情を書きつづった手紙とノートを調停の場に出したからといって、いったいどうなるというのだろう。それにたとえわたしが熱望したとしても、彼が子どもを引き取って育てることなど不可能なのだ。どうぞ親権も養育権もすべて差しあげましょう、といったら、彼はなんと答えるだろうか。ただ時間稼《かせ》ぎをして、事の決着を先送りしているとしか思えなかった。

「出せば。わたしはぜんぜん怖くない。ぜんぶ出せばいい！」

　そう叫んだとき、下腹部に激痛が走った。だいじょうぶ？　ゆっくり呼吸して。彼の声が遠い。どんどん息が苦しくなって、床の上にくずおれる。ごめん、ごめん、という彼の声がキーンという耳鳴りに掻き消された。

　夏はいつもわたしを苦しめる。いい想《おも》い出の夏は記憶のなかに一度もない。夏を嫌い憎んでいるから、しっぺ返しを受けるのだろうか。今年の夏は、わたしを断崖《だんがい》ぎりぎりまで追い詰めた。わたしを希望と絶望、生と死に引き裂いた。死の暗闇《くらやみ》を覗《のぞ》き込ませたかと思うと、すぐに細くはあるが眩《まばゆ》い光で頭上《ずじよう》を照らした。わたしを混乱させ、喪失《そうしつ》の予感を深めさせるばかりだった。癌と胎児は密約を結び、わたしひとりを置き去りにして光のなかへ消えていくような気がする。お腹の子どもは動く。蹴《け》る。そのたびにおまえと異なる生命体、おまえとはなんの関係もない命だと宣言しているようにも思える。わたしは幸福な妊婦のような胎児との一体感を持てずにいる。真夏の光から逃れて部屋に閉じ籠《こも》り、薄暗がりのなかで光ではなく答えを、愛されているという確かな証《あかし》を求めていた。

八月、わたしは物狂《ものぐる》っていた。

東の入院生活がはじまった。

東は、知らせるとみんな見舞いにくる、そんな気は使わせたくない、と数名を除いて癌を発病したことを伏せていた。しかしあっという間に知れ渡り、連日見舞い客が病室を訪れているらしかった。

わたしは一日に一度電話をかけることにしていたが、声だけ聞いていると意気軒昂《けんこう》でとても癌患者だとは思えなかった。

妊娠がわかった五月末から、どうすべきか相談したかったのだが、どのように打ち明ければいいか迷っているうちに月日が過ぎてしまった。東が抗癌剤と放射線の治療を受けはじめて一週間が過ぎたある日、わたしは意を決してがんセンターの十八階二一号室に電話をかけた。

「わたし妊娠してるんだけど」

「どうするつもり？」東は驚いた様子もなく、さらりと受け止めてくれた。

「生もうと思ってるんだけど、自信がない」

わたしは今後二年間の執筆《しっぴつ》スケジュールと、既に初版印税を前借りしているので出産育児を理由に休むわけにはいかないことを説明した。

これまでの経緯《けいい》をすべて話すと、東は冷静に判断を下した。彼には離婚してあなたと子どもを育てる意思はないだろう。とにかく認知させて、子どものために養育費を支払わせるべきだ。出産を決意したのなら、仕事のスケジュールをきちんと立てること。ぜったいにあなたひとりでは育てられない。お母さんか妹に手伝ってもらったほうがいい。三年間は過保護に大切に育てなければならない。育児というのは三年間が勝負で、あとは生まれ持った生命力で育つ。

「母も妹も仕事を持ってるから無理だと思う」わたしの声は沈んでいた。

「こんな病気じゃなかったら協力できるんだけど。でも、決断さえすればなんとかなる。いい子が生まれると思うよ」

まるで娘の妊娠の報告を受けた父親のように朗《ほが》らかにいった。

わたしはますます沈んで黙り込んだ。

「あなたははじめて男に振られて、ショックを受けてるんですよ。そして、自分の子どもを身ごもっているあなたより、妻のほうを選ぶ男の気持ち、価値判断を理解できない。理不尽《りふじん》に思える、許せないんです。おれだって、その男は離婚してあなたと子どもを選択してもいいんじゃないかという気がしないでもないけど、妻としてはいまの女性のほうがいいんでしょう、あなたを妻にしたいとは考えていないんだ。家庭を大事にするカサノヴァっていう役を気に入っているんだろうね。あなたとはうまくいきませんよ、きっと」

東は諭《さと》すようにいって、話題を変えた。

「そういえば、ほら、あなたと研究生のときに同期だった渡辺くんのこと憶《おぼ》えてる？　とんでもないやつで、あちこちに電話しては、おれに逢《あ》うと元気がもらえるから病院に行けといってるらしい。多いときは一日に十人もくるからまいるよ」

言葉とは裏腹にうれしそうだった。

「日記の代わりに寺山修司さんの奥さんだった九條今日子《くじょうきょうこ》さんから勧められて、見舞い客を使い棄《す》てカメラで撮ってるんだ。それにみんなが持ってくる物をメモしてる。スッポンスープの缶詰、梅干《うめぼし》、ワイン、烏骨鶏《うこっけい》の卵、プラスティックのワニ、キューピー、日本地図と世界地図、イルカのガラスの置物、パウロ・コエーリョの小説『アルケミスト』、とにかくビックリする」

「プラスティックのワニって？」

「ワニが好きで集めてるらしい。持ってきたひとにとっては魔除《よ》けの意味でもあるのかな？　それにだね、容子さんのお母さんは自分で描き殴《なぐ》った油絵を持ってきたんだ。土砂《どしゃ》降《ぶ》りの雨で血だまりができていくような絵なんだ。なんてタイトルだと思う？」

　容子さん、というのは、東の別れた妻である。

「さぁ」

「ベッドでひっくり返りそうになったんだけど、なんと〈絶望〉ってタイトルなんだ。驚いて、『絶望、ですか』って訊《き》いたら、あわてて、『あッ間違えた、〈理由なき反抗〉なんですの』だって！」

　わたしはひさしぶりに声をたてて笑った。

「それにくすりというべきか、癌に効く補助栄養剤ってやつを山ほどもらった。プロポリス、朝鮮人参《にんじん》、松根湯《しょうこんとう》、ビワ茶、アシタバ茶、ＡＨＣＣ、アガリクス、鶏頂山《けいちょうさん》鉄鉱水《てっすい》」

「なに、鶏頂山鉄鉱水って?」

「温泉水。三浦浩一《こういち》が持ってきてくれた」

「ぜんぶ飲んでるの?」

「あぁ、片っ端から。室先生が山積みになったくすりを見て、『まぁ害はないけどヤクルト程度の効き目しかありません』というんだ」

わたしは笑えなかった。ついこのあいだ、『新潮45』編集部の中瀬さんから、「作家の楡周平《にれしゅうへい》さんから教えてもらったんだけど、あと数ヵ月の命だと宣告された肺癌のひとが、ビオチームというのを飲んだら、癌が消えたんだって。医者が、これで五年生存したら学会発表ものだっていってたらしい」という情報を得て購入方法を調べてもらい、一本二万五千円もするビオチームを一ダース注文したばかりだったのだ。そして癌を克服した経験を持つ新潮社の石井さんが欠かさず飲んでいるというので、プロポリスとＡＨＣＣも購入済みであった。効果があるかどうかはだれにもわからない。しかしすくなくとも、ある患者には効いたのだ。現代医学で治せない病に侵された者が、民間に流通しているくすりを服用するのは無理からぬことではないだろうか。

わたしがその話をすると、

「たぶん抗癌剤《こうがん》の成分が含まれているんだと思うよ。ナトリウムとかなんとかがさ」

と東はわたしを慰めるかのようにいった。

何日かあとに東の病室を見舞った。気のせいだろうか、入院前に較《くら》べて頬がふっくらとし、血色もよさそうだ。

「生涯はじめてといっていいくらい健康的な生活をしている。八時間はたっぷり眠っているし、一日に二食も食べるなんて中学生のとき以来かな。そうだ、この前花火大会があってね、夕方六時ごろ看護婦さんが、みなさんラウンジでご覧になりますから東さんもどうぞって呼びにきてくれた。行ってみると、椅子《いす》がレインボーブリッジのほうにずらっと並べられていて、患者とその家族が二、三十人ぐらいかな、ガラス越しに花火を観《み》てるんだ。十八階だから、花火を観るには絶好の場所なんだろうね。ところが異様なのは点滴《てんてき》のスタンドがあちこちに林立《りんりつ》してる。うしろのほうのひとは点滴越しに花火を観ることになるんだ。子どもだっているんだけど、シーンと静まり返って、なかには前の椅子の背に顔を伏せてる患者もいる。ポーンと音が鳴ると、ゆっくりと顔をあげて、また苦しそうに伏せるんだ。そのうちにひとり去り、ふたり去るという具合に病室に戻って行く。だれもいなくなって椅子だけが残された窓ガラスの向こうで、盛大に花火が打ちあげられていた。その光景をしばらくひとりで観てたんだけど、花火ってやつは癌患者にはあんまりいいもんじゃないね。残酷《ざんこく》な光景かもしれない」

ノックなしに、二十四、五歳のほっそりとした美しい女性が入ってきた。何年か前に〈東京キッドブラザース〉の芝居を観に行ったとき、劇場で東に紹介された記憶がある。

「Iさんっていうんだ。こちらは柳美里さん」

わたしは東の恋人だと直感した。Iさんはわたしに会釈《えしやく》をし、腕に抱えた花束を花《か》瓶《びん》に生けるために、カーテンの奥の流し台に姿を消した。

「なにかあったらケイタイに連絡ください」とわたしはリュックに手を伸ばし、肩にかけた。

「だいじょうぶ。北村さんが毎日のようにきてくれてるから」

北村易子《やすこ》さんはキッドの女優で長年東の秘書をしているひとである。

わたしは立ちあがった。東はみんなに護《まも》られているのだ。あれほど周囲のひとびとを激しい愛憎の葛藤《かっとう》に巻き込んだ東も、いまは愛情につつまれている。ひょっとしたら奇跡は起こるかもしれない。愛情によって奇跡が起こるという意味ではないが、東は彼を思うひとのエネルギーを一身に集めているような気がする。窓際《まどぎわ》の棚に置いてあるキューピーとワニを見て、わたしはそう思った。

エレベーターに乗ると、点滴に繋《つな》がれた四十代半ばの男性とその家族がいた。妻は四十歳前後、息子は六、七歳、娘は四、五歳だろう。

父親は点滴の長い管を両手に持った息子にいった。

「しっかり持ってくれよな。それはお父さんのたいせつなもので、もしはずれちゃうとたいへんなことになるんだからね」

息子はこくりと頷《うなず》いてチューブを握り直した。

「点滴っていうんだけど、お父さんはこれで元気でいられるのよ。おくすりとか栄養がからだのなかに入っていくのよ」と母親がいった。

「カナちゃんは好き嫌いが激しいから、あんまり食べないと、お父さんみたいに点滴をやってもらったほうがいいかもな」父親がいった。

娘は怯《おび》えたように肩をぴくりと動かした。

「そうよ、それがいいかも。どう？　カナちゃん、やってみる？」

娘はあとずさって母親のスカートに顔を隠してしまった。

エレベーターは一階に着いた。父親の病の深刻さを感じ取っているのだろうか、不安そうな娘、まるで付き従うように点滴を両手に持って父親のあとを追う息子――、抗癌剤はこの家族に救いをもたらすのであろうか。

わたしはこぼれ落ちそうな涙を指で押さえて病院の外へ出た。

タクシーに乗って腕時計を見ると、四時前だったので、区役所に行って母子健康手帳をもらった。部屋に戻って必要事項を記入しようとして、父の欄を空欄にしておくべきかどうか迷ったが、怒りに似た感情に衝《つ》き動かされて彼の名前を書いた。〈結婚年齢〉未婚、〈夫の健康状態〉健康に丸をつけ、〈夫の血液型〉A型と記入してから、〈夫〉という文字を塗《ぬ》り潰《つぶ》し、欄外に父と書き直した。そして〈出産前後の連絡先(知らせてほしい人)〉の欄に彼の氏名とケイタイとポケベルの番号を記入した。

わたし自身は未婚の母という立場に甘んじるつもりだが、子どもを父親がだれであるかわからない境遇《きょうぐう》に追いやりたくなかった。

妹から電話があった。

「怖いんだけど、ママ、なんにも話してないのに気づいてるみたいだよ。昨日電話がかかってきて、『美里がたいへんな目に遭《あ》ってる。あんた、なんか知ってるでしょう』って訊くから、お姉ちゃんは元気だよっていったら、夢をみたんだってさ。夢のなかでお姉ちゃんが泣きながら、ママ、ママって呼んでて、声は耳もとで聞こえるのに姿は見えなくて、外に飛び出して捜しても見つからないんだって」

「すごく不吉な夢だね」わたしはぞっとした。

「この前の日曜日、行ったのね、そしたら赤ちゃんの靴下とか、帽子とかおむつカバーとかが揃《そろ》えてあるの。美里が子どもを生むような気がするって……」

「なんかいったでしょ」

「いうわけないでしょう」

超能力《テレパシー》の存在を信じているわけではないが、母はときどき勘の域を超えた第六感を働かせる。いずれにしろ両親には打ち明けなければならない。

結婚して家庭に入ろうかな、と妹がいい出したので、「独身の編集者を紹介しようか」と軽い気持ちでいうと、「それって合コン？　やってみたい！」と大乗り気だった。このことを中瀬さんに話し、二、三人でも独身編集者を集めてもらえないだろうかとお願いすると、「何人かいるので当たってみます。カラオケで合コンやりましょう」と話がまとまった。

カラオケ店に行く前に、中瀬さんと親しい編集者のHさんと三人で食事をすることになった。偶然なのだが、わたしがつきあっている彼とHさんとは、妻同士が親友で毎日のように電話で話しているということだった。つきあっているということは伏せて彼の話をした。

「彼はむかしからすごくもてて、いまは五年前にアフリカで出逢った女性ライターとつきあってるみたいだよ。ぜんぜん家に帰らないから奥さんが詰問《きつもん》したら、彼女の存在を話したんだって。で、奥さんはノイローゼ状態になって、日本にいるのが堪《た》えられないこともあって、海外出張に行ってる」

「出張？」わたしは内心の動揺を隠し、さり気なく訊いた。

「六月から、たしか九月まで帰国しないと思うけど」

「ふぅん」先ほどまで場を盛りあげるために早口でしゃべっていた中瀬さんが黙り込んだ。すべての事情を打ち明けていたし、彼にも逢っていたのでショックを受けたのだろう。

わたしは彼女の顔を見て、普通に振る舞おうと目だけで伝えた。

「残念だな。あたしけっこう好みのタイプだったんだけどな。妻がいる上に彼女がいるんじゃねぇ。でもひどい男だよね」と中瀬さんは豚の角煮に箸《はし》を伸ばした。

わたしは混乱している頭のなかを整理しようとした。ちょうどわたしの妊娠がわかった直後に彼の妻は海外に出掛けたわけだ。そして九月まで帰国しない。五年間つきあっている女がいるが、わたしの病室での電話の相手はその女ではない、最近つきあ

震《ふる》えた。

妹の声が遠くで聞こえた。

「ほんとに復讐したいなら、お姉ちゃんの代わりに刺してもいいよ」

目を醒《さ》ますと、妹はいなかった。

わたしは彼に女との関係を問う手紙を書き、ポストに投函《とうかん》した。

彼はいつものように突然インターフォンを鳴らし、わたしは部屋に入れた。

彼は口をひらいた。

「どうして興信所なんて雇うの？」

「え？　なんのこと？」

「興信所を雇わなければ、先週彼女と逢《あ》ったことなんてわかるわけないだろ」

妻にだけではない、ほかの女に対して狂おしいまでに嫉妬《しっと》している自分の子どもを身ごもった女に、興信所を持ち出して忿懣《ふんまん》を打《ぶ》つける男の感受性のなさに、わたしは話す気力さえ失ってしまった。軽蔑《けいべつ》し別れれば済むことなのに、そうしたい、そうしなければと思いながらどうすることもできなかった。そんなわたしを凝視するもうひとりのわたしの氷柱《つらら》のように冷たく鋭い視線を意識していたが、心臓を貫くことなく跡形《あとかた》もなく溶けてしまい、わたしは痴呆《ちほう》のように彼の優しい言葉を待ち焦《こ》がれた。このまま無様《ぶざま》に求愛のダンスを踊りつづけるつもりだろうか。わたしは自分のストーカーじみた振る舞いに困憊《こんぱい》しながらも、わたしよりさらに醜悪《しゅうあく》な姿をさらけ出しはじめた男に完全に囚《とら》われていた。

八月も二十日を過ぎ、夏が終わろうとしていた。海、湖、川、滝、どこでもいい、どこかの水辺で日が暮れるまでぼうっとしたい、と光を反射させて揺らめく水面を想像しながら瞼《まぶた》を閉じた。胎児が臍《へそ》の下あたりを強く蹴《け》った。眠らない。なにも考えずに、ただ穏やかで透明な水をイメージして、眠らなければ——。

夢をみた。死体が埋まっている草一本生えていない湿った土の山を彼と手を繋いでのぼって行く。目の前には鉛色の海がひろがり、波打ち際に小さなプラットホームがある。海岸線の向こうから緑色の電車がやってくる。彼はわたしの手を振り払ってホームに向かう。待って、行かないで、と叫ぼうとするが声が出ない。と突然海が津波のように隆起して、ホームごと波に飲み込まれてしまう。

わたしは自分の絶叫で目を醒ました。目を見ひらいても声が止まらない。両手で口を押さえ、鼓動が規則正しくなるまで深呼吸をくりかえした。
数日後、母からのファックスが届いた。

美里へ。なにごとかありましたら、電話を下さい。できることはします。　母

わたしは母に返信をした。

母へ。相談したいことがあるので、できれば今日か明日ここにきてください。　美里

折り返しファックスが届いた。

美里へ。今晩八時に伺います。　母

妹に電話して八時に母がくることを伝えると、「この顚末《てんまつ》を知ったら、あのひとは相手の家に包丁《ほうちょう》持って乗り込みかねないから、あたしもそっちに行くよ」といった。

夜八時に妹がきて、その五分後に母が現れた。母と逢うのは芥川《あくたがわ》賞の授賞式以来三年ぶりだった。高校を退学処分になってから向かい合って話したことはない。

「悪い話なの？」母は視線をあちこちに泳がせ、わたしと目を合わせようとしない。

「お茶でも淹《い》れてくれる？」わたしは打ち明けるタイミングを計りながら妹に頼んだ。

「ママ、あんたからファックスが届いてからドキドキしちゃって具合が悪くなりそうよ。早くいいなさい」

「いま妊娠していて、五ヵ月の半ば」

「どうするの？」

「五ヵ月の半ばだから、生むしかない」

「生みなさいな」

妹が湯飲茶碗《ちゃわん》を置いた途端《とたん》、

「バンザイ！」母はけたたましい笑い声をあげた。

わたしと妹は想像だにしなかった母の反応に驚いて顔を見合わせた。

「ママ、そうじゃないかと思ってたのよ。女の子？　男の子？」

「まだわからない」

「女の子がいいわ。いつ生まれるの？」

「二月一日」

「お姉ちゃんが子ども生むんだって！」

「ちょっと相手と揉《も》めてて」

「相手って？」母はきょとんとした表情で訊《き》き返した。

「子どもの父親」

「結婚してるひとなの？」

「うん」

「それは揉めるでしょうよ。子どもは？」

「いない」

「美里、夫婦なんて赤の他人よ。子どもがいないなら、他人同士が同じ家に棲《す》んでるだけの話でしょ。あんたのお腹《なか》にいる子は、そのひとの血を引いてるのよ。顔かたちや性格まで似て生まれてくるのよ。生んでみなさいな、放っておいても引き寄せられてくるから。自分の子どもに逢わないでいられる父親なんてこの世にいないわよ。安心しなさい。揉め事なんかしなくてもだいじょうぶ。でも、そのひとも馬鹿《ばか》ねぇ、揉めたら、自分の子どもに逢えなくなるのに。そんな辛《つら》いことってないわよ。まだ生まれてないから、その辛さを実感できないだけ」

かつて愛人の不実な行為に激怒して、ベッドに灯油を撒《ま》いて荒れ狂った母が、物わかりのいいスマートな意見をすらすらと口にしている。わたしも妹も呆然《ぼうぜん》として聞くしかなかった。

あとから妹に教えてもらったのだが、母は駅に向かう歩道橋の上でスキップをしながらバンザイと叫んだそうだ。

翌朝、母からファックスが届いた。

あれから丸一日が経《た》ちましたが、いま最も必要で大切なのはバランスの良い食事をとることです。顔色も悪くなかったし、表情も穏やかだったのでちょっと意外でした。散歩をしたり、美しいものを見たり、楽しい音楽を聴いたりして、解き放たれた気分になる工夫をしなければなりませんよ。

この世に生まれて、色んなひとに出逢っても、自分の子どもに巡り逢えないひとほど淋《さび》しいひとはいません。名声や財がなんでしょうか？　自分自身との孤独な闘いをつづけた第一幕が終わり、いままさに人生の第二幕が開こうとしているのだと思います。体勢を整え、知恵の限りを尽くして立ち向かっていって下さい。人生ってやはり苦労しても生きてみる価値はあると実感できるはずです。

追伸　美里のときも飲んだのですが（ほかの子のときは貧乏で飲めませんでした）、若鹿《わかじか》のツノの漢方薬が非常にからだに良い。すごく高価なのですが、自分で煎《せん》じて飲めるので近いうちに送ります。

八月もあと三日を残すだけになった日の夕方、放っておいても引き寄せられてくるという母の言葉を信じようとしたのだろうか、わたしは穏やかに話せばわかり合えるかもしれないと思って、彼に電話をかけた。

「元気？」

「元気？」

虚《うつ》ろな声で訊《たず》ね合った。

彼は完全に鬱《うつ》状態で昼からビールを飲みつづけているという。

「ごはん食べない？」わたしが誘った。

「みんなに美里と逢っちゃだめっていわれてるからなぁ」

「冷たいね」

「わかった。行くよ。一時間後に行く」

結局食事をして、帰ろうとした彼を引き止めてカラオケに誘ったのもわたしだった。

彼はカラオケボックスで六時間歌いつづけ、タクシーで帰ろうとした彼をさらに引き止め、ふたりでわたしの部屋に帰って眠った。

翌朝、

「あぁ、夏が終わるな。山にでも行こうかな。休み取ってどこかに行かないと頭がおかしくなる」彼が上半身はだかで伸びをした。

「いっしょに行きたい」

「そのからだじゃ行けないだろ?」

「いまは安定期だからだいじょうぶ」

「じゃあ、沖縄に行こう」彼はスポーツマンのような白い歯を見せた。

その日から一週間、沖縄で過ごした。彼が運転する車の助手席に座って海を眺め、泳ぎ、沖縄料理を食べ、冗談をいい合っているうちにわたしはなにがなんだかわからなくなっていた。いったいなにをしようとしているのだろうか。かつてアメリカに〈レディキュラス〉という劇団名の通りただ虚《むな》しい行為を延々とつづける芝居を上演する劇団があったそうだが、愚行《ぐこう》を演じるために沖縄の陽光を浴びているのではないかという気さえした。

「どこに行きたい?」彼は右手でハンドルを握ったまま、左手で空港で買ったガイドブックを投げて寄越《よこ》した。

「西表山猫《イリオモテヤマネコ》が見たい」

「西表島に行かないといないよ。美里が山猫みたいなものだからいいでしょう」

「西表島に行く」

「西表島は飛行機に乗らないと行けないから今回は無理。でも約束するよ。いつかかならず連れて行ってやる」

「子どもが生まれるし、もういっしょに旅行することなんてないでしょう」

彼は黙り込んだ。

彼とわたしと子どもの三人で西表島に行く光景を想像することはできなかった。

あっという間に一週間が過ぎ、最後の夜、那覇《なは》のホテルで話し合った。

「ひとりで子ども育てられる？」

「わからない」

「おれはなんにも手伝えないけど、ちゃんと育ててくれ」

「認知は必要だし、子どもにはいつか、事情があっていっしょには暮らせなかったけれど、お父さんはあなたのことをずっと見護《みまも》っていたし、だから養育費だって払いつづけてくれたのよ、といってやりたい。それなのにあなたは妻に正直に告白することすらしたくないといってる」

「いえないな。彼女には負い目があるから」

「汚いと思わないの？」

「おれだけが汚くて間違ってて、自分だけがきれいで正しい？　男女関係でどちらかが一方的に悪いなんてあり得ないだろ」彼は威嚇《いかく》するように大きな図体《ずうたい》を突き出した。

「わたしのどこが悪いかいって！」

「大きな声を出すなよ」彼は歯を剝《む》いて、その隙間《すきま》から声を出した。

「じゃあ大きな声を出させないで。わたしには逢わなくてもいいけど、子どもには逢ったほうがいい。だって子どもに対するわたしとあなたの責任は同等でしょう？」

「逢いたくないな。逢いたくないっていってるのに、首に縄つけて子どもの前に引き摺《ず》って行くのか？　そんなにいうんなら、認知するし養育費も払うけど、子どもには逢わない」

　わたしは彼の頰を平手打ちした。彼の目が憤怒《ふんぬ》で燃え立ち、右手が勢いよく振りあげられ、わたしの顔に振り下ろされた。わたしはよろめいたまま部屋から飛び出した。

　外は雨だった。雨で髪と顔が濡《ぬ》れていく。無意識のうちにお腹を護るように両手で抱えて歩いていた。怒鳴り合いをしているときには強く蹴っていた子どもがまったく動かず、下腹部が緊張している。道に迷ってびしょ濡れになり、もし熱を出したとしても風邪薬は飲めない。高熱になったら胎児になんらかの障害が残る可能性もある。わたしは不安に駆られて早足でホテルに戻った。

部屋のドアは開いていて、煙が廊下にまで流れていた。彼は窓際《まどぎわ》の椅子《いす》に座って煙草《たばこ》を吸っていた。

濡れた服のまま横になった。すぐにとなりのベッドから鼾《いびき》が聞こえた。眠気が訪れるのを待ったが、目を瞑《つむ》るとわたしを殴る瞬間の彼の顔が何度も巻き返され、そのたびに波のようにうねる哀《かな》しみで呼吸が不規則になり、嗚咽《おえつ》が喉《のど》までせりあがってきた。羽田空港で別れようといったのだが、「荷物が重いだろう」と彼はわたしの部屋までついてきた。

最後の話し合いをした。子どものことだけを確認したかった。

「子どもには逢《あ》うよ。でも地方や外国に配転になる可能性もある、というかその可能性が高いんだけど、そしたら逢えないな」

「妹に頼んで、どこであろうが連れて行ってもらう。子どもの名前をつけるって約束したよね？」

「自分が気に入った名前をつけるほうがいいよ。名前呼ぶのはおれじゃないんだから。

どうしてもっていうんならつけてもいいけど、ほかには？」彼は投げやりにいった。

「出産のとき、病院にいてほしい」

「それは無理だな」

「いてくれるっていったでしょう。わたしと顔を合わせるのはそれで最後」

「出産まで妻にいわないでいいなら立ち会える。もし認知と養育費を取り下げてくれるなら、一週間のうち一日は子どもの面倒をみてもいい」

「そんなことというならもうおしまい。なにも話すことはない。子どものことは妹と話し合ってもらうしかない。帰って」

彼は放心したような面持ちで立ちあがった。

彼を失ってしまうと思った瞬間、わたしの内部で風が立ち、激しく吹き荒《すさ》びはじめた。木の葉のように舞いあがり飛ばされそうになったが、胎内の子どもに支えられてなんとか立ちあがることができた。わたしは失ってはならない命を抱えているのだ。

わたしは今度こそ、彼に別れを告げた。

夏の陽射《ひざ》しはわたしの錯乱を煽《あお》るように照りつづけ、九月になってもいっこうに衰《おとろ》える気配を見せなかった。九月の十二日で妊娠六ヵ月に入る。そして東由多加の退院は十三日に決まっていた。いつまでもカーテンで遮光《しゃこう》した部屋のなかに隠れていることはできないし、今後の生活から逃げおおせられるはずもない。

退院後東は初台のワンルームでのひとり暮らしに戻るのだろうか、そしてわたしはひとりで子育てするつもりなのだろうか。ひとりで暮らすということになんの疑問も持たなかったふたりにとって、そのひとりの生活がとてつもない困難をもたらすことだけは明白だった。すくなくともわたしには、ひとりできちんとした食事を摂《と》る東の姿は想像できない。いまさらのように闘病と出産・育児が家族の絆《きずな》によって支えられているものだということが身に沁《し》みてわかるが、わたしたちがこれまでの放埒《ほうらつ》な生活に復讐《ふくしゅう》されているのだとしても、悔い改めるより前にしなければならないのは、退院後の東の生活設計だった。

わたしの子育てについては、電話での会話で東がこう洩《も》らしたことがあった。

「いつまで生きていられるかわからないけれど、手伝ってくれる女の子が何人かいると思うから、おれがあなたの子どもの面倒をみてもいいよ。どこか郊外に家を借りて、あなたは週末だけその家で過ごす」

それが儚《はかな》い希《のぞ》みでしかないことを、わたしも東自身も知っていた。東が癌《がん》でさえなければ充分に考えられただろうが、いまとなっては実現不可能だ。「三年間、いまのままの状態で生きられると約束してくれたら、お願いするけど」という言葉を口にすることはできなかった。

東の友人たちが相談し、週に一日ずつ世話をするローテーションを組んでいるという話は聞いていたが、東はどうしても受け容《い》れられない提案だとして固辞しているらしかった。無類にひとづきあいがいい反面、他人の世話になることを極端に嫌悪《けんお》するという面を持っているのだ。プライドが高いというより、幼いときから母親が病気がちで七歳のときに亡《な》くし、母親からの愛情を受けた記憶がないゆえに、母性的な接しかたに異常反応を示すのかもしれない。東が実姉に見舞いにこないでほしいと宣告したのは、しないでもいいといったにもかかわらず、彼女が二度三度にわたって野菜スープやトロの刺身を病室に持ち込んだというのが理由だった。愛情の計りかたが普通のひととは異なり、だからこそ友人たちはいっそう心配するという、わたしには彼らがいささかバランスを欠いたシーソーゲームを演じているように見えた。

「癌になって、こんなにもてるとは思わなかったよ。サンフランシスコに棲んでる古い女友だちがいっしょに暮らそうと電話してきたし、義母や異母兄弟は長崎で暮らそうといい出すし、バリ島で一年くらいのんびり暮らしましょうと誘ってくれる女の子もいる。それにあなたの一期下の佐藤さん憶《おぼ》えてる？　彼女までいっしょに暮らしましょうだってさ。冗談に決まってるけど、つい、お願いしますといいそうになってしまった」

佐藤恵美さんというのは、三年前にキッドを退団した女優で、その後結婚して離婚し、現在はひとり暮らしをしている美しい女性である。

わたしは彼女と同じ舞台を踏んでいた妹に訊《き》いてみた。

「恵美ちゃんは、東さんとハワイのコンドミニアムで暮らしたいんだって。貯金をぜんぶ使ってもいいいんだってさ。マインドコントロールから抜けられないんだよ、まったく」

確かに東が希みさえすればだれかがともに暮らし世話をしてくれるにちがいないし、何人かの名前をあげることもできる。しかし東がそのうちのだれかを選択するとは思えなかった。一方的な献身を甘受《かんじゅ》するほど素直でもなければ、屈託のないひとでもない。

ある日、病室を去ろうとしたときに、なんでもないことのように口を衝《つ》いた自分の言葉に驚いてしまった。

「いっしょに棲《す》まない？　子どもの面倒をみてもらいたいし、ギブアンドテイクってわけじゃないけど、食事ぐらいは作れるよ」

東の恋人のIさんの姿が過《よ》ぎり、わたしのお腹《なか》の子の父親は東なのではないかと疑われるかもしれないと思ったが、きちんと説明すればきっと理解してくれるだろうし、彼女が遊びにきたり泊まったりしてもかまわないのだと思い直した。

東は数秒考えてからいった。

「あなたがひとりで子育てする姿は想像できないな」

「じゃあ、めぼしい物件が見つかったら、資料を持ってくるから」

わたしは『新潮45』の中瀬さんにお願いした。中瀬さんは、不動産オタクといってもいいほど物件を見て歩くのが好きだそうで、「奇妙な家族が暮らす家を捜します」と引き受けてくれた。わたしは条件を箇条書きにしてファックスで送った。

毎日のように物件情報が送られてきた。中瀬さんが太鼓判を押してくれるところならば、見ないで決めてもいいと思っていたが、四つに絞られたマンションを中瀬さんと見て歩き、渋谷のマンションに決定して、東に電話した。

「あぁ、そう」と東はなんの関心もないような口調でいい、引っ越しのために地図が欲しい、とだけいって電話を切った。

東と暮らすことを友人や編集者たちにどう説明しようかと考えたが、べつに考えるほどのことではないのかもしれない。説明というのは、しなければならない場合と、する必要がない場合に分けられるが、往々にして詳しく説明しなければ理解してもらえないだろうと思える場合には、説明しないほうがスムーズに運び、簡単に理解してもらえると思って説明を省くと、事態は複雑化するものだ。

東が妹を病室に呼んで話したところ、わたしたちと同居して子育てを手伝ってもいいといったそうだ。それからしばらく妹はどうかしたのではないかと心配になるほど子育ての計画に熱中したが、ある日突然、〈子どもを生むということを選んだのはお姉ちゃんなのだから、お姉ちゃんが育てなければならない。子育てというのは、おそらく自分自身のなにかを犠牲にすることだと思う〉という素っ気ないファックスが送られてきた。

孤立無援《むえん》の状況がひしひしと迫ってきて、わたしは東の病室に電話して不安を打《ぶ》つけた。

「朝日の記者と話したら、学芸部に記者やりながら子どもをふたり生んで育てた女性がいるんだけどね、ベビーシッター二十人以上替えたんだって。それほど信頼できるひとはいないってことだよ。妹の友だちでベビーシッターのバイトやってる女の子がいてね、家のひとがいなくなった途端に、赤ん坊が泣いてもうるさくないように好きなロックがんがんにかけて面倒なんてみないらしい。これは角川書店の堀内大示《だいじ》さんがいってたんだけど、ゼロ歳児から預けられる保育所もあるにはあるけど、どこもいっぱいで会社勤めの女性優先で、わたしみたいに自宅で仕事してると難しいって」

「おれが手伝う。ふたりで育てよう。おれとあなたで昼夜逆転させて、あなたが眠っているときはおれが面倒をみる。心配しなくてもだいじょうぶだよ」

東は事もなげにいった。

でも、いったいいつまで、といいかけて、わたしは言葉を飲んだ。わたしと東は漫才のボケとツッコミのように交互に楽観論と悲観論を投げ合って、無理にでもバランスを取ろうとしていた。楽観と悲観のどちらかに傾くことを注意深く避けていたのだ。

「子どもが三歳になるまで、ううん、小学校に入るまでは協力してほしい」わたしは楽観のほうにシフトした。

「一年すれば、言葉もしゃべるし、立って歩く。なんとしても、ヒガシサンと発音できるようになるまでは生きるつもりだよ」東はいった。

九月二十四日に引っ越しをした。運送は業者に任せたのだが、新潮社の中瀬さん、矢野優《ゆたか》さん、角川書店の堀内さん、吉良《きら》浩一さん、文藝春秋の森正明さん、山口由紀子さん、リクルート『ダ・ヴィンチ』編集部の細井ミエさんに妹を加えた八人に新居と旧居の二手に分かれて手伝ってもらった。

編集者と作家のあいだには余人《よじん》には窺《うかが》い知れないものがあって、芸能界のプロデューサーとディレクターとタレントとマネージャーなどとも異なり、いわくいい難い関係なのだ。わたしは勝手に、公私ともに最低、最悪の恥部を曝《さら》しても、なお支えてくれるひとだと考えている。作家のあっと驚く素顔を知っているのは、その家族でも、ましてや評論家などではなく、担当編集者にほかならないのだ。わたしは引っ越しの二週間ぐらい前から彼らを個別に自宅に呼んで、妊娠のこと、なぜ子どもの父親と結婚できないのか、東の癌のこと、東と同居することを打ち明け、力を貸してほしいと頼み、彼らは快く引き受けてくれていたのである。

引っ越しは八時過ぎに終わり、六本木の行きつけの店〈五穀《ごこく》〉で食事をし、すぐ側《そば》のカラオケボックス〈ラブネット〉に移動し、帰宅したのは午前四時を過ぎていた。

東は既に眠っているようだった。わたしは椅子に腰かけて、まだ整理がついていない新しい部屋を眺めた。馴染《なじ》むまでには時間がかかるだろう、と何気なく壁に立てかけておいたコルクボードに目をやった。そして五月末にも、なぜこんなものを残しておいたのだろうと新聞記事の切り抜きに目を止めたことを思い出した。ピンをはずして記事を手に取ってみた。岡山大学の肺癌の遺伝子治療に関するもので、「p53は、がん細胞の異常増殖に対し自殺を命令したり、新しい血管の発生を抑えて栄養補給を絶ったりする作用があり、米国ではがんが縮小、進行が止まったとの報告がある」という内容であった。

記事を切り抜いた理由がはじめてわかった。わたしはこの四年間ずっと東を診察に連れて行かなかったことを後悔し、発病を恐れていたのだ。二月にこの記事を読んだとき、遺伝子治療の可能性にこころを動かされて無意識のうちに切り抜き、コルクボードにピンで留めたにちがいない。無意識までもが癌に繫《つな》がっていたということは吉兆《きちょう》のようでもあり、大きな不幸の塊となってわたしに重くのしかかってくるようにも思えた。これからは間違いのない選択をしつづけなければならない。末期の癌患者は出口が見えない洞穴《ほらあな》を彷徨《さまよ》う仔羊《こひつじ》のようなものだ。医師の診断と最新の医学情報を納得いくまで検討した上で、決して後悔しない治療方法を選択しなければならないのだ。

翌朝不慣れな手つきでコーンスープ、オムレツ、トースト、サラダ、紅茶を食卓に並べたあと、その記事を東に読ませてみた。

「遺伝子治療を受けられないかな」わたしは食事をはじめた東を気づかれないように観察しながらいった。

「これは肺癌だし、それにまだ試験的な段階でしょう。だれだって受けられるというものではないと思うよ」

思ったより食が進んでいることにほっとしたが、頭のなかではめまぐるしく遺伝子治療を受ける方法を模索していた。

〈国立がんセンター中央病院〉の室先生によると、七月から二ヵ月間にわたった抗癌剤と放射線治療の結果は、食道の癌はかなり小さくなったものの消えるまでには至らず、肺、肝臓についてはわずかに縮小しているだけでほとんど変化は見られないということだった。そして十月と十一月に五日間の抗癌剤治療を二クール受けることができるといわれていた。では、十二月、いったい来年からはどうすればいいというのだろう。それで治療完了だとしたら、あとは癌が増殖するに任せて対症療法《たいしょうりょうほう》をするしかないのだ。

東は引っ越しして六日後の九月三十日に再入院し、十月八日に帰宅した。

入院中、朝日新聞学芸部を通して科学部の記者に訊いてもらったところ、〈遺伝子治療は一般向けではなく、まだ試験段階で、国の審理（二段階）を経ないと施《ほどこ》せない。あくまで研究を主眼としているのでだれにでも施すということにはならない〉というファックスが届き、講談社出版部の編集者からの返事もほぼ同じ内容で、アメリカでの治療の可能性については、〈癌治療に日米格差はなく、アメリカに行ってまた一からスタートして治療に臨むというのは勧められない〉ということだった。

わたしはこの種の調査は文芸関係者には無理だったのだと思い、数回逢《あ》っただけの『週刊ポスト』の飯田昌宏さんにお願いしてみようと考えた。週刊誌の編集者であれば、あらゆるジャンルにまたがって情報を収集するプロフェッショナルだ。必要な情報はどんな手を使っても集めてくれるにちがいない。

長文のファックスを送ったところ、飯田さんは、さっそく調査を開始してくれるとのことだった。

しかしその日、

「エレンがぼくが癌だってことを知って、明日くるらしい」

と東が困惑を隠し切れない表情でいった。

〈東京キッドブラザース〉の元女優で現在はスチュワーデスをしている大塚晶子《あきこ》さんがニューヨークにフライトした際、エレン・スチュアートに逢って東の病状を知らせると、エレンはその場で秘書に航空チケットを手配させ、日本に見舞いに行くことを即決したらしい。

エレン・スチュアートは、ロバート・デ・ニーロやアル・パチーノなどの俳優や、サム・シェパードやトム・オホーガンなどの劇作家、演出家を数多く輩出したニューヨークの劇場〈ラ・ママ〉のオーナーというだけではなく、世界の前衛演劇界で知らないひとはいない有名プロデューサーである。キッドは一九七〇年に〈ラ・ママ〉で『黄金バット』というミュージカルを上演し、オフブロードウェイに進出するという大成功をおさめていた。

「エレンは八十四歳なんだよ。ほんとうの年齢はだれも知らないんだけど、心臓が悪いんだ。見舞いにくるなんて無茶だよ」

東は翌日の夕方、エレンの宿泊先の〈ホテルニューオータニ〉に出掛け、夜十二時ごろ帰宅した。

「エレンがニューヨークで治療を受けたらどうかって。スタテンアイランドにレーザー光線だかを使う病院がある。そこに入院しろというんだ」

ただ見舞うためだけに来日し、二日間の滞在で帰国する八十四歳の女性がいること自体驚きだったが、どうやらエレンは東を実の息子のように愛しているらしかった。

また東のほうも、行けと命じられればチベットの寺院に籠《こも》り経を唱《とな》えかねないほど、エレンには素直に従わなければならないと考えているようだった。

「行くの?」

「しょうがないだろ。エレンがいうんだから」

わたしにとっては、大量の薬を飲まなければ息切れしてしまうほどの心臓病を患《わずら》いながら成田のゲートに車椅子《いす》で現れたエレンは神の使者で、「アメリカで治療を受けたらどうか」という勧めは天啓のように思えた。アメリカ！　そうだ、わたしがあの新聞記事でこころ魅《ひ》かれたのは〈遺伝子治療〉と〈アメリカ〉という言葉であった。

飯田さんはインターネットを使って〈スタテンアイランドユニバーシティホスピタル〉の情報を集め、二十ページ以上の病院紹介を翻訳し届けてくれた。

東は、帰国したエレンにレントゲン、CT写真、カルテ、室先生の紹介状を送った。

室先生は、

「わたしはまだ東さんの治療でやり残したことがあるんです。アメリカというと夢みたいな治療ができると思うでしょうが、わたしたちだって世界的なレベルというか、スタンダードな治療を行っているんです。理解してもらえないのは残念ですが、どうしてもということならしかたありません」

と反対したが、きちんと英文で紹介状を書いてくれた。

室先生が、やり残したこと、というのはなんだったのだろうか。東は5－FUとシスプラチンという二種類の抗癌剤《こうがん》を投与されていた。室先生はおそらくべつの抗癌剤を考えていたのだろうが、知らされてはいなかった。先述したように十月と十一月に計二クールの抗癌剤投与を行い、十二月のＣＴ検査で効果が現れなければ、がんセンターでは打つ手はない、とわたしは理解していた。アメリカで治療を受けたいと申し出るまで、その先の治療は示されなかったのだ。

問題は抗癌剤の〈薬剤耐性《たいせい》〉で、『ガン遺伝子を追いつめる』（掛札堅《つよし》著、文春新書）によれば、薬剤耐性には二種類あるそうで、そのうちひとつは〈多薬剤耐性〉で、〈一つの薬に耐性ができるとそれとはまったく違った薬に対しても効果が出なくなるもの〉らしい。つまり、耐性さえできなければ、抗癌剤治療による長期延命も可能なのだが、二回、三回とつづけるうちに効かなくなるのだ。

室先生にアメリカでの抗癌剤治療について質問すると、

「日本では、たとえば肺の癌に認可された抗癌剤であっても、ほかの臓器には使っていけないことになっているんです。その点アメリカでは一箇所に認可されれば、どこに使ってもいいんです」と教えてくれた。

それればかりではなく、患者の自己責任において治験段階の試薬も受けられるそうだ。日本では認可されていない抗癌剤を試み、たまたまその薬が劇的な効果をもたらす可能性もあるのだ。もちろん効果が現れないケースも多いだろう。問題は、患者が望んだとしても、日本では試みることができない抗癌剤が多いということである。患者の側《がわ》からすれば、日本では認可されていないから投与できないといわれて納得できるはずがない。だからこそ、世界の医療現場でどのような抗癌剤が用いられ、どの程度の効果をもたらしているのかということはもっと報じられなければならないのではないだろうか。

すっかり準備を整えて待ったが、残念なことに、エレンの努力は効を奏せず、〈スタテンアイランドユニバーシティホスピタル〉への入院は実現しなかった。

その知らせにショックを受け、わたしはかなり落ち込んだ。精神的な不安がすぐにからだに現れる質《たち》で、七ヵ月で安定期に入っているにもかかわらず出血してしまい、深夜タクシーで〈日本赤十字社医療センター〉に行った。幸い異状はなく、安静にするようにと注意を受けただけで帰宅を許された。

それから数日後、東は青山円形劇場に劇団〈青い鳥〉の公演を観《み》に行き、帰ってきてこういった。

「長井さんがスウェーデンの病院はどうかというんだ」

長井八美《はつみ》さんは、『黄金バット』に出演したあと、〈ゆりあプロジェクト〉という会社を設立して、劇団〈青い鳥〉の制作をしているひとである。

東は終演後、女優の葛西《かさい》佐紀さんらと食事をした折、葛西さんの姪《めい》にあたるひとがスウェーデンで脳腫瘍《のうしゅよう》の手術を受け全快したという話を聞き、スウェーデンの観光事業も手掛けている長井さんが、アメリカがだめならば、と勧めてくれたらしい。

考えてみれば、日本で行われていない医療を受けられるのであればべつにアメリカでなくても、イギリス、フランス、ドイツ、スウェーデン、どこの国でもかまわないのだ。そしてわたしは何度か大使館に招かれ、来日したスウェーデンの作家と会食し、スウェーデンの出版社と翻訳の契約を結んでいることもあって、確かなコネクションがあった。

翌日飯田さんにスウェーデンの病院に関する調査をお願いしたところ、アメリカの〈メモリアル・スローン・ケタリング癌センター〉はどうだろうか、という返信が届いた。

〈メモリアル・スローン・ケタリング癌センター〉は、『USAトゥディ』紙で全米第一位にランキングされている癌の専門病院として世界に知られている。

わたしは室先生がいうようにアメリカであれば、夢のような治療が行われているなどと思っているわけではない。ただ、いまここにある治療に限定する必要はないと考えているだけだ。東由多加には世界の医療の最先端で行われている、あるいはこれから試みられようとしている治療を受けてもらいたいのだ。癌は未来に深く関わっている病であり、明日の出来事こそが治療の決め手になるのだ。

癌は明日の病なのである。

十一月一日、飯田さんからファックスが届いた。

アメリカ国立がんセンター（ＮＣＩ）は、アメリカの癌治療の最高峰で、先端医療の情報が集約されています。ここのホームページ「ＣａｎｃｅｒＮｅｔ」に年齢・性別ほか、「食道癌」「ステージⅢ」などの条件を入力して検索してみたところ、「メモリアル・スローン・ケタリング癌センター」という病院で行われている臨床試験が5件も出てきました。

そして思わぬところでメモリアル・スローン病院との接点が見つかりました。最相《さいしょう》の知人に、ニューヨークのノース・ショア大学病院の医師がいます。彼に連絡したところ、「スローン・ケタリングで診察を受けられるようにトライしてみようか」と返事があったのです。

最相葉月さんは、飯田さんのパートナーであり、大ベストセラー『絶対音感』の著者である。わたしはまさか最相さんが協力してくださるとは思いも寄らなかったので驚き、ただお願いするしかなかった。

最相さんによると、この医師が〈メモリアル・スローン・ケタリング癌センター〉の消化器癌科チーフのデヴィッド・ポール・ケルセン先生を紹介してくれたということだった。

十一月八日から一週間、東は〈国立がんセンター中央病院〉で抗癌剤治療を受けた。退院した翌十五日に、スローン・ケタリングでの治療実現に向けてのミーティングという名目で、最相さん、飯田さんにひとまずマンションにきていただいて簡単な打合せをし、そのあと近くのレストランで食事をすることになった。

最相さんとは初対面だったが、その瞳《ひとみ》は世界のすべてを映し出そうとしている無垢《むく》な少女のような輝きを放っていた。わたしがこれまでに逢ったどのタイプとも異なり、知性や才気だけではなく、魂というしかない静謐《せいひつ》な精神を感じさせる女性であった。

心配していたのだが、東と最相さんは気が合ったらしく会話が弾み、最相さん飯田さんのおふたりが東に付き添って渡米してくれるという話にもなり、わたしは数ヵ月ぶりにこころからほっとした時間を過ごすことができた。エレン・スチュアートといい、最相葉月さんといい、東由多加はなにか目に見えない大きな力に守護されているのではないか、そう思いたかった。

翌日から東は、キッドの北村さんや、大塚さんに手伝ってもらってパスポートの申請をしたり、シティバンクに口座を作ったりして渡米の準備を着々と進めて行った。

しかしそれから一週間経《た》っても、スローン・ケタリングから診察日を指定するメールが届かなかったので、もうだめではないかと日に日にあきらめの色が濃くなりはしたが、どんなことがあっても東に渡米してもらいたいというわたしの気持ちは強まるばかりだった。

十一月二十一日、飯田さんと東とわたしの三人で、がんセンターの主治医である室先生に面会し、〈メモリアル・スローン・ケタリング癌センター〉で治療を受ける許可を求めに行った。

「スローン・ケタリングならよく知っています。いつ行くんですか?」

「まだ決まっていないんですが、十二月初旬には渡米できるのではないかと考えています」と東が答えた。

「この前のスタテンアイランドの病院よりは遥《はる》かにましだけれど、わたしたちだって決して遅れているわけではないんです。ところで、東さんはどこで死んでもいいんですか?」

まるでニューヨークで治療を受けている期間に死ぬこともあり得るといわんばかりの口調だった。

「死ぬんなら、そうですね、だれもいない南の島がいいかな」

室先生をからかうつもりはないのだろうが、東の顔には笑みが浮かんでいた。室先生が死を持ち出した真意は、常に死を意識しなければならないほど苛烈《かれつ》な状況に置かれているということを自覚すべきだといいたかったのか、あるいは、まだ治験段階にある抗癌剤を投与される危険性を指摘したかったのか、わたしにはよくわからなかった。ただ異国で治療を受ける覚悟のほどを訊《き》きたかっただけなのかもしれない。

四人でミーティングをしたとき、飯田さんに、「柳さんはひとりでアメリカの病院で出産できますか?」と訊かれ、わたしは即座に「できません」と答えた。東はわたしと違って日常会話には不自由しないものの、医師や看護婦と会話できるほどの英語力はなさそうだった。

そのとき東はこういった。

「実験というのは変だけど、いったいアメリカの先端医療がどの程度のものか身をもって体験してみようと考えているんです。柳さんがそのことを書いてくれれば、日本の癌患者にとっては新しい情報になるかもしれない。癌になって癌関係の本を何冊か読んでみたんだけれど、癌に克《か》つとか、癌と共生するとか精神論が多過ぎる気がするんです。ぼくは癌になったら治療すべきだと思う。現代医学の限界がどこまでかがわからないから、みんな補助栄養剤や精神論に頼っているんじゃないかな。すこしは役に立って死にたい」

アメリカの病院に行かなければならないと決意したのは室先生の診断と国立A大学の医師の所見があったからだ。

九月の退院を前にして、いったい今後どのような治療が行なわれるのか不安に駆られていたわたしたちに、室先生は二クール行った抗癌剤治療の効果が認められなければ、もはや打つ手はなく、月一回来院し検査をするしかないと宣告した。既に記した通り、幸いにも十月と十一月に一クールずつの投与が追加されたのだが、その効果がなければ治療は完了ということになり、癌の増悪《ぞうあく》を待っての対症療法しかないと聞かされていたのだ。わたしと東は、二クール目の結果がおもわしくなかったので、三、四クールで腫瘍が縮小する可能性は低いだろうと判断していた。後にアメリカに行くという話をしてから室先生は、「わたしにもまだやり残した治療があるんです」といったのだが、退院時のインフォームドコンセントの内容はそうではなかったのである。

そして飯田さんに東の症状を癌専門医数人にインフォメーションしてもらった結果、私立有名K大学とA大学医学部の医師から所見が寄せられ、その内容はほぼ同じだった。A大医師の所見を要約すると、多臓器転移の食道癌には局所療法（重粒子線《じゆうりゆうしせん》治療、遺伝子治療、レーザー照射など）はまったく意味がない。主治医が治療終了と判断したのであれば、もう効果的な抗癌剤もないのかもしれない。もし自分の親やパートナーが同じ症状だったら、対症療法のみを選ばせ、悔いの残らない余生を送らせてあげるだろう、というものだった。

癌の治療法を発見すべく世界中の研究者が日々努力していることについては、わたしが述べるまでもない。そのひとつが遺伝子治療である。多臓器転移に関しては、遺伝子治療といえども効果がもたらされていないということは事実であろう。しかし、明日、世界のどこかの研究所や大学病院で多臓器転移にも治療効果が認められたと発表されないとだれに断定できるだろうか。ヒトゲノム全体が解析されようとしている現在、二年後、三年後に遺伝子治療が、多臓器転移を含めて一般的な治療法として確立される可能性は低くはないと思う。ゆっくりではあるが日々進歩しているのだ。

A大医師は、治る見込みのない治療を延々とつづけることで残された時間がどんどん失《な》くなっていくともいっていたそうだ。わたしにいわせれば、癌患者の大半は治る見込みのない治療を延々とつづけているのである。これを否定するならば、現在行われている抗癌剤治療のほとんどを否定しなければなるまい。そして主治医によって余命いくばくもないと診断された患者が数年間延命したケースも決してすくなくはない。治る見込みのない治療を延々とつづける医師と患者の意志の力こそが医学を進歩させていると断言してもいいと思う。

また、悔いの残らない余生などというが、ほんとうにそんなものが存在すると思っているのだろうか。ましてや親子であろうがパートナーであろうが他人が、悔いの残らない余生を送らせてあげることなどできようはずもない。

わたしは死を受容しつつ、なお、生の可能性を信じて治療をつづけることが、命と正面から向き合う道だと考えている。

またA大医師が、同大学の食道の専門医に質問したところ、食道癌は欧米に比較にならないほど日本の症例数のほうが多いため、欧米にいかなる最先端療法があったとしても、現時点では日本で受ける治療に勝るものはないという回答があったのだそうだ。

主治医がギブアップした時点で治療を終了し、さっさと対症療法に切り替える日本の医療に勝るものはないというのだが、欧米では一般化されているにもかかわらず、日本では使用できない抗癌剤は皆無だといいたいのだろうか？

東とわたしは、権威あるA大医学部の医師の揺るぎない自信に疑念を抱《いだ》き、なんとしてもアメリカでの治療を実現しなければならないと考えるに至ったのである。

それにしても医師と患者の意識のズレは大き過ぎるのではないだろうか。しかも患者にとっては主治医はひとりだが、医師は何人もの患者を担当している。

室先生はいったい何人抱えているのだろう、とぼんやり考えていると、

「なんという医師に診察を受けるんですか？」室先生が訊いた。

「デヴィッド・ポール・ケルセンです」飯田さんが答えた。

「ケルセンなら、学会の発表を聞いたことがありますよ。消化器癌《がん》では世界的な権威です。わかりました。来週の月曜までに、英文の紹介状をなんとかしましょう。東さんは血液検査を受けてきてください」

そういわれて、東は診察室を出て行った。

「ニューヨークに行くわけですが、東さんのからだはだいじょうぶでしょうか。とくに気をつけることがあれば教えてください」飯田さんが訊いた。

「東さんだったら世界中どこにだって行けるでしょう。ただ気をつけてほしいのは、

まだ治験段階の抗癌剤を勧められたときです。フェーズⅠ、フェーズⅡ、フェーズⅢと分類されるんですが、フェーズⅢの薬は既に多くの患者に試して成果をあげている二、三年後には認可が下りる薬なんですよ。しかしフェーズⅠ、フェーズⅡの薬というのはまだ海のものとも山のものともわからない薬なので、すぐには応じないほうがいい。どの抗癌剤も効果が現れなくなってしまったときに、一か八かでやってみるのはやむを得ないと思うんですが、いまはまだその段階じゃない。副作用もすくないし元気だし、東さんは医者であればそんな薬を試してみたくなる患者なんです。フェーズⅠの薬を勧められたら、メールでも電話でもいいですから、かならずわたしに連絡をください」

室先生は脅しとも励ましともつかない言葉を口にして立ちあがった。

十一月二十三日、最相葉月さんのメールボックスに、〈メモリアル・スローン・ケタリング癌センター〉のインターナショナルセンターから十二月九日午前九時にケルセン医師の診察が決まったというメールが届いた。

さっそく最相さんに翻訳してもらった診察カードに記入しはじめたのだが、記入項目がたくさんあって、疑問点を飯田さんとファックスでやりとりしているうちに、ちょっとした言葉の行き違いから東は気分を害してしまった。そして突然、今後は入院手続きほかすべてを自分ひとりでやるので、最相さんにも飯田さんにも関わってほしくないといい出したのである。

「飯田さんは劇団員じゃないんだから、なにもかも自分の思い通りにはならないよ」と怒りを打《ぶ》つけてみたものの、一度決めてしまったら、なにをいっても覆《くつがえ》さないひとである。わたしは説得する気力を失くし、自分の部屋に閉じ籠《こも》った。

その日は十一月二十六日、最相さんの誕生日だった。夜九時にインターフォンが鳴った。せっかくの誕生日を台なしにされたにもかかわらず、最相さんと飯田さんが心配して駆けつけてくれたのである。

わたしたちはリビングのテーブルに座った。東は強引に辻褄《つじつま》を合わせた理屈を並べたて、遂《つい》に飯田さんが根負けし、東はひとりで渡米することになった。

その瞬間を見計らったように最相さんが口をひらいた。

「わたしの話を聞いていただけますか？」

「どうぞ」といって、東は椅子《いす》に座り直した。

「わたしは、柳さんのことは小説やエッセイでしか知らなかったのですが、闘っているひとだという印象を持っていました。そしてわたしもまた書くことで闘っているのだと共感していたんです。柳さんの闘いをすこしでも手伝いたい、そう思ったのがきっかけでした」

そして最相さんは東を真《ま》っ直《す》ぐに見た。

「わたしの前の夫は役者でした。彼の本棚に東さんの本がありました。彼の父が肺癌で闘病している最中に、一方的にわたしが悪いんですが、夫と離婚したんです」

最相さんの声が崩れ、涙があふれた。

「ですから、東さんのことは他人事《ひとごと》だとは思えないんです」

思いもかけなかった最相さんの真情の吐露《とろ》に不意を打たれ、わたしも、飯田さんも泣いた。

「なにかのため、だれかのためではなく、ひとにはこころからやってみたい、どうしてもしなければならないことがあると思うんです。その気持ちだけはわかっていただきたいんです。お願いです。ニューヨークにごいっしょさせてください」

女優の演技に魅了された演出家のように最相さんを見詰めていた東は、大きな溜《た》め息《いき》を吐《つ》いた。

「ぼくの性格は歪《ゆが》んでいるんです。どうしてこうなったかは生い立ちから話さなければわかってもらえないでしょう。これまでもなんとか自分の性格を変えよう、ひとの好意を素直に受け容《い》れなければと努力してきたんですが、最相さん、性格というものはなかなか変えられないものなんですよ」

「変えられます」最相さんが微笑《ほほえ》んだ。

「あなたは若い。でもぼくは歳《とし》を取り過ぎました。変えようにも変えられない」

「変えられます」きっぱりといった。

ふたりは同じ問答をくりかえして沈黙し、東が、負けましたというように笑った。

「それではぼくはどうしたらいいんですか？　いまさらいっしょにニューヨークに行ってくださいとはいい難い」

「黙っていればいいんです」一瞬の間も置かずに、最相さんが答えた。

「ただ黙っていればいいの？」

「黙っていればいいんです」

凛乎《りんこ》として、最相さんがいった。

教祖によって神託を告げられた信者のような面持ちをしている東がおかしくもあったが、予定通り最相さんと飯田さんに同行していただくと話がまとまったわけではなかった。

「ひとりで行くつもりなら、わたしが付き添います」

そういうと、三人はぎょっとしてわたしの顔を見た。

「そんなからだで行けるわけがない。第一、航空会社が乗せてくれますかね?」東は飯田さんに訊いた。

「たしか八ヵ月の終わりですよね。はっきりしたことはいえませんが、たぶん無理なんじゃないでしょうか。東さん、ぼくに感情を害されたのでしたら、最相ひとりを連れて行っていただけませんか?」意を決したように、飯田さんがいった。

話の雲行きが怪しくなりかけたので、わたしはこれしかないという結論を口にすることにした。

「本来ならわたしが行くべきなんですが、飛行機に乗れないとしたら、スローン・ケタリングで診療が受けられるようになったのは飯田さんと最相さんのお力ですから、是非おふたりに同行していただきたいんです」

「でもぼくは黙ってていいんだ。そうですよね、最相さん」

いまや東は事の成り行きを面白がっているだけだった。

「黙っていればいいんです」最相さんは大きく頷《うなず》いた。

それはないでしょう、最相さん!　とわたしはいいたかった。東にはなにもいわせないで、三人ですべての段取りを組むという最相さんの意図もわからないではなかったが、渡米までまだ十日以上あるのだ。今後東は都合が悪くなるたびに、「ぼくは黙っていればいいんです」と逃げるに決まっている。飯田さんが渡米に関してなにか問い合わせてきても、最相さんの言葉を持ち出して飯田さんをからかうことだって充分に考えられる。

様子を窺《うかが》うように三人を眺めていた東が口をひらいた。

「今日は最相さんの誕生日だったそうですね。ほんとうに悪いことをしました。なにもプレゼントを用意していなかった。その代わりというのもおこがましいんですが、ぼくのほうからお願いします。どうかいっしょにニューヨークに行ってください」東が頭を下げた。

「ありがとうございます。一生忘れることができない誕生日になりました。そうだよね?」

飯田さんがほっとして最相さんに顔を向けると、こういう風に観《み》てしまうのがわたしの変われないところなのだが、彼女は最高の演技を為《な》し遂げて幕を下ろした主演女優のように微笑んだのだった。

しかし、「なにかのため、だれかのためではなく、ひとにはこころからやってみたい、どうしてもしなければならないことがあると思うんです」という最相さんの言葉がわたしのこころに染《し》み透《とお》っていた。癌の根治を願う患者、その家族、友人も、子どもを生み育てようとするひとたちも、それがどういう結果をもたらそうが、「こころからやってみたい、どうしてもしなければならないこと」としてそのことと格闘しているのだと思う。ひょっとしたら、わたしが子どもの父親である彼に抱いた熱病のような執着心も、わたしにとっては必然だったといえなくもない。

「こころからやってみたい、どうしてもしなければならないこと」だったとしたら、それがどんなに滑稽《こっけい》で愚《おろ》かしい行為であっても、決して後悔はしないはずである。

東は最相さんが十日前に持ってきてくれたオレンジ色のカーネーションに目を移した。

「がんセンターに見舞いにくるひとが花束を持ってきてくれるんだけど、こんなに枯《か》れない花ははじめてですよ」

「カーネーションはとても長持ちなんです」

最相さんははにかんだように花の蕾《つぼみ》に指を伸ばした。

「最相さんがこのカーネーションに気を送ってるんじゃないかな、と柳さんと話してたんです」と東がいった。

「ばれました?」

最相さんが笑い声をあげ、わたしたちも笑った。なんであれ、とてもいい気分の夜だったことだけは間違いない。

そして渡米直前に東が、「あと一週間枯れなかったらサイショウと名づけたい」といっていたカーネーションは、ひと月が過ぎても今日生けたばかりのように生き生きと咲きつづけていた。もしかしたら年を越すかもしれない。東が帰国するまで、子どもが誕生するまで咲いていてほしいと願いながら、わたしは毎日水を取り替えた。

わたしの部屋の仕事机には黒い実がひとつ置いてある。それを目にするたびに、切ないほどの懐《なつ》かしさと痛みが胸を過《よ》ぎる。彼とつきあった時間は短いのに、なぜだろう、肉体の一部を切断されたような喪失感が、日毎《ごと》に実在感を増す胎児とともに大きくなって行く。彼はわたしのこころを奪い、わたしのからだに子どもを与えて去って行った。

別れる一週間前、衝動的にふたりで沖縄に旅立ち、彼がレンタカーを運転して本島の端から端まで走った。見慣れない南国の樹木に緑色の実がなっていた。「ちょっと止めてくれる」といって窓から手を伸ばして実をもぎ取ろうとすると、「いけません。落ちてるのを拾いなさい」彼は父親じみたいいかたをし、わたしは黙ってドアを開け、落ちている実を拾ってオーバーオールの胸ポケットに入れた。

旅の終わりが関係の終着駅になることはわかっていたのに、沖縄から帰ったわたしはその実を、毎日目を止めないわけにはいかないワープロの傍らに置いた。一週間が過ぎた朝、ふと見ると、真っ黒に変色していた。腐ったのか、と思ったが棄《す》てられず、そのまま触れないでおいた。しかし、それからさらに一週間経《た》って手に取ってみると、胡桃《くるみ》のように乾燥して硬く軽くなっていた。

認知と養育費に関する彼との話し合いは、妹がやってくれていた。妹は最初のうちはわたしをなだめていたのだが、次第に怒りを募らせ、「彼」が「あの男」「あいつ」に変わり、話し合いの結果を報告してくるたびに声を震わすほどになっていた。

「詳しく伝えると、お姉ちゃんの精神状態によくないからいわないけど、ほんとうにふざけてるっていうか、あたしらを舐《な》めてるんだよ。女で歳下《としした》で中卒だから、なにも知らないと思って！」

叩《たた》きつけるように電話を切ったかと思うと、またすぐにかけてくる。

「『誓約書は渡すけど、認知届と出生届にはまだサインしたくない、たいせつなことだから順を追ってゆっくり』なんていうんだよ。『それはおかしいんじゃないですか』といっても、同じことをくりかえすばっかり。まだ妻に話してないんだよ。話してたら、先延ばしする必要なんかないでしょ？　『奥さんには話したんですか？』っていったら、『安月給のサラリーマンに妻に内緒で月五万円の養育費を払えるはずがありません。どうしたら信じてくれるのかなぁ。妻はパニックになっていて、うちのなかはメチャクチャです』っていうんだけど、ぜったい嘘《うそ》だね。嘘吐いて先延ばしすれば、そのうちいやになって認知と養育費を取り下げるだろうって高を括《くく》ってるんだよ」

これ以上、おぞましいやりとりを書き記す気にはなれない。とにかく、妹は九月二十六日に中野の〈ルノアール〉で彼と逢《あ》って認知届と出生届に記入させた。そして区役所に提出する際、戸籍謄本《とうほん》を添付しなければならないのだが、彼は忙しくて取りに行けないということだったので、委任状を書いてもらい、妹が彼が暮らしている街の区役所まで取りに行ってくれたのだった。

十月七日、東が〈国立がんセンター中央病院〉に再入院し抗癌《こうがん》剤治療を受けているあいだ、わたしは母親学級なるものに出席してみた。

渋谷区役所内の会場に入ると、五十人ほどの妊婦が十の机に分かれて座っていた。自宅に届いた案内には開始時間しか記されていなかったので、一時十五分からはじまって一時間ほどで終わるだろうと思っていたのだが、黒板には四時十五分終了と書かれている。しかも、一時間も「ミーティング」が設定されている。「ミーティング」というのは、同じテーブルの妊婦たちとの情報交換の時間らしい。なんとか相槌《あいづち》を打てていたのは最初の十分だけで、残りの時間はうつむいてパンフレットをめくって読むふりをしたり、余白にイラストを描いたりしてやり過ごした。考えてみれば、わたしは女同士のおしゃべりというものが苦手で、小、中学校と同級生と言葉を交わさず、十四歳のときに精神のバランスを崩して精神科に通い、十六歳で高校を退学処分になったのだった。その後〈東京キッドブラザース〉で役者を目指し、役者を断念して劇作家に転身し、小説を書くようになったものの、バイトをしたり勤めたりした経験は皆無なので、初対面のひとと会話することには恐怖に近いものを抱いている。

「ミーティング」が終わると、「もうじき母親になる、いまの楽しみ」というテーマでひとりずつしゃべらなければならなくなった。彼女たちは、「マタニティスイミングです」とか、「ミシンでベビー服を作ることです」とか、「夫に、てのひらで胎動を感じてもらうことがうれしい」とかいい、わたしのところにもマイクがまわってきた。わたしは真っ赤になって、「楽しいことはなにもありません」とつぶやいてとなりの妊婦にマイクを渡した。浮きあがるつもりはなかったのだが、ほんとうになにも思いつかなかったのだ。

最後に『誕生その歓《よろこ》び』というタイトルのビデオを観させられた。夫婦で出産の際の呼吸法を練習したり、妊婦の母親が家事を手伝ったりする愛の物語が映されていて、クライマックスの出産シーンでは、妊婦の脚のあいだから胎児の頭が出てくる瞬間、会場のあちこちから啜《すす》り泣きの声があがった。ビデオが終了して明るくなったとき、何人もの妊婦がハンカチで目頭を押さえていた。

そのあと、テーブル毎に連れ立って喫茶店に行ったようだったが、わたしはみんなが屯《たむろ》しているエレベーターの前を早足で通り過ぎ、階段を駆け下りてタクシーに飛び乗った。しかし子どもが生まれれば、幼稚園、小学校と彼女たちのような主婦とつきあわなければならないのだ。わたしはそれまで普通の生活者、市民と称されるひとびとの価値観から石もて追われるがごとく逃亡し、自閉的ともいえるわたしひとりの場所を築きあげることに必死になってきたのだった。作家だからといって世間とつきあわないで済むわけではないが、つきあう範囲は極めて限定されている。子どもが生まれたら、世間と向き合わざるを得なくなるのだろうか。〝公園デヴュー〟という目の眩《くら》むような言葉とその光景を想像し、わたしは暗澹《あんたん》たる気分に陥った。母親学級はあと四回もあるのだが、参加する勇気を持てそうにない。

十一月八日、〈日本赤十字社医療センター〉に定期検診に行く。体重は六十二キロで、八ヵ月に入ったばかりだというのに、既に妊娠前の体重の十五キロ増であった。浮《ふ》腫《しゆ》があり、妊娠中毒症ということで、一日千八百キロカロリー、食塩を七グラムに制限し、野菜中心の食事に切り替えなければならないという厳しい注意を受けた。

「八ヵ月になったばかりで十五キロ増えたなんてこの病院では聞いたことがありません。最低いまの体重をキープ、できたら三、四キロ痩《や》せてください」と助産婦はカルテを指し示し、「ほら、赤ちゃんの体重は平均以下なんです。あなたの脂肪が増えると、その分赤ちゃんには栄養が行き難《にく》くなるんですよ。妊娠中毒症というのは、ほんとうに怖い病気なんです。太れば太るほど、異常出産の確率が高くなるし、あなたと赤ちゃんの命が危険に曝《さら》されるんです。いいですか、自己管理できないんだったら入院しかありませんよ」と一気にまくしたて、「あぁひさしぶりに力《りき》が入った」といってわたしの顔を見据え、「母親学級には行ったんですか？」と訊《き》いた。

「一回行ったんですけど、忙しくて……」

「うちの病院でもペアクラスといって、ご主人とふたりで出席するクラスがあるんですけど、今日申し込んでおいてください。お産のときの呼吸法とか、赤ちゃんの沐浴《もくよく》のしかたとか習っておかなければいけないことですからね。何日にしましょうか」

「あの……ひとりじゃだめなんでしょうか」

「みなさん、ご夫婦でいらっしゃってるし、産後一ヵ月はからだを動かせないんだから、ご主人に協力してもらわないとやっていけませんよ。毎週土曜日やっているので、ご主人も一日ぐらいは出席できるんじゃないですか？」

「……帰って相談してみます」

だれに対してもうしろ暗くはないのに、未婚だとはいえなかった。

帰宅して、東の病室に電話し、既婚だということを前提にして話す助産婦を非難した。

「だいたい、ペアクラスって名前自体おかしいよ」

「それはあなたがよくない。はっきり、夫はいません、ひとりで出席させてください、というべきだ。今後もそういうことは起こりつづけるよ」

そう諭されたのだが、東のいう通り、今後つぎつぎに子どもとの生活に付随するリアルな問題が浮上してくるにちがいない。出生の手続きひとつ考えても、簡単には済まない気がする。生まれてくる我が子の国籍はどうすればいいのだろうか。

ある日、ケイタイが鳴って、妹の声が耳に飛び込んできた。

「いま、渋谷で母親と買い物してるんだけど、行ってもいい？」

ドアを開けると、

「あら、どうしたの、産月《うみづき》みたいなお腹《なか》してぇ。あんた、お菓子ばっかり食べてるんじゃないでしょうねぇ」母はわたしの腹を見下ろして眉《まゆ》をひそめた。

そして、バッグのなかから入院のときに着る白いレースのネグリジェと、赤ん坊の靴下とよだれ掛けを取り出し、

「まだ性別わからないの？　名前なんだけど、女の子だったら、二野《にの》、がいいわよ。予定日は二月一日でしょ、二月の野原って素敵だと思わない？　日本と韓国、ふたつの国という意味もあるしね。男の子だったら、楽《らく》か、楽歩《らくほ》。楽して楽しく生きられるように」と朗らかな笑い声をたててから、茶封筒をわたしの前に置いた。

「考えたんだけど、この子のお父さんは日本人なんだし、日本で生きていかなければならないわけだから、国籍は日本にしたほうがいいわよ。韓国籍を押しつけるのは無理。これ、昨日区役所に行って教えてもらったんだけど、胎児認知の資料なの。簡単にいうと、胎児のうちに、お父さんに認知してもらえば、この子は日本国籍を取得できるのよ」

母の説明によると、出生後に日本国籍を取得するためには、父親の姓を名乗らなければならないのだが、胎児認知さえ済ませておけば、韓国籍にすることも可能だし、日本国籍にするとしても好きな姓を選べるのだという。

「でも、彼はきっとしぶるよ。だって妻に話すのを一日でも先延ばししたいと思っているんだから。認知届を役所に提出したら、すぐにでも話さざるを得なくなる」

「させるんだよ。国籍は一生の問題でしょ」

妹は断固とした口調でいうと、帰り支度をはじめた。

翌日妹から電話があった。彼は、「子どもの一生を左右する重大な問題で、詳しいひとにも相談したいので一週間考えさせてほしい、考えた結果は手紙を書いて送る」といったそうだ。

それを聞いて、わたしは二ヵ月ぶりに彼のケイタイに電話をした。

「もしもし、ユウですけれど」といった途端に言葉を失い、しばらく間を置いて、「元気？」とうすぼやけた声を出した。わたしは胎児認知のことについて説明した。彼は、「自分は育てられないし、父親としてその子にしてやれることはすくないから、父親の国籍にしないほうがいい。在日韓国人を代表する作家を母親として持つのだから、韓国籍にしたほうがアイデンティティは揺らがないと思う。韓国籍にしてほしい」といった。わたしは、子どもの将来を考えていっているのではなく、妻に告白することを先延ばししたいためだろうと思ったが、口に出してはいわなかった。

それよりも、つきあっていたときは「美里」と呼んでいたのに、「あなた」と呼ばれたことに失望とショックをおぼえた。そして彼に対する思いがまだなまなましいことに気づき愕然《がくぜん》とした。この二ヵ月、こころの底で、わたしは彼からの連絡を待っていた。いっしょに子どもを育てよう、といってくれるのではないかという希望を棄てることができなかったのだ。

電話を切ったあと、母が持ってきてくれた胎児認知の資料をコピーして彼の会社に送った。

生まれてくる子どもの国籍を日本にすることを決断したのは、母の意見に従ったのでも、韓国籍にしてほしいといった彼への反発心からでもなく、わたし自身が韓国籍であることに矛盾を感じ、葛藤《かっとう》してきたからである。わたしは日本語しか話せないし書けないので、当然ながら子どもには日本語で話しかけるしかない。わたしは子どもに継承させる韓国の文化をなにひとつ持っていないのだ。

わたしは父母をパパ、ママと呼んで育ったが、祖父はハンベであり、祖母はハンメ、伯父はサンチュン、母方の叔母はイモ、父方の伯母はコモであったので、場当たり的でしかなかったにしろ、父母には韓国の習慣と言語を伝えようという意識がなかったわけではない。というより、祖国を棄てて日本に帰属してしまうことに強い罪悪感を抱いていたのだ。祖国を風化させてしまうことは、血脈に対する裏切りであり、ルーツを喪失することにほかならない。わたしたちきょうだいに日本人だといっても通用する名前をつけたのは祖父だったが、父母もそれに同意したのだった。

生まれてくる我が子の国籍を日本にすることに痛みを感じていないわけではない。子どもは幼稚園で日本の童謡を歌い、小学校で「君が代」を国歌として斉唱するだろう。わたしと子どもの国籍は別れ、子どもはひとり、新しい戸籍の主になるのだ。しかしいつの日か、わたしの決断を感謝してくれると確信している。そう考えてもなお、いくばくかの喪失感と痛みは消えず、疵《きず》となって、わたしのこころにいつまでも残ると思う。

十一月二十二日、定期検診。今日こそ性別を訊こう、と思った。あと二週間で九ヵ月に入るのだから、そろそろ名前を考えたり、産着《うぶぎ》やベビー用品を買い揃《そろ》えたりしなければならない。これまでの検診で訊くことができなかったのは、性別を知るのが恐ろしかったからだ。彼と胎内の子がまったくべつの存在だということは頭では理解できるのだが、いまだに彼に対する愛憎に翻弄《ほんろう》されているので、彼に酷似《こくじ》している男の子だったらどうしようと怯《おび》えていたのだ。

主治医がわたしの腹に超音波の探触子《たんしょくし》を当てた。

「千六百十グラム。いま足を動かしましたね。とても元気ですよ」

「性別は？」

「それらしいところを見せるので、ご自分で判断してください。ここが大腿骨《だいたいこつ》です。

このあたりですね」

「わかりません」

「印象ですけどね、多少もっこりしているような」

「男の子ですか」

「次回にもうすこしはっきりすると思いますけれど、まぁ、そう考えて間違いないでしょう」

わたしはふらついた足取りで会計の窓口に向かいながら、ケイタイの電源を入れた。妹からのメッセージが入っていた。

「お姉ちゃんが直接、手紙か電話で、胎児認知をしてほしいと伝えれば、書類にサインするといってるので、至急あいつのケイタイに電話してください」

わたしは彼のケイタイの留守録に吹き込んだあとに妹に電話した。妹は彼に連絡し、二十四日にサインするという約束を取りつけて折り返し電話をくれた。

「明日は勤労感謝の日で休日だから、これから渋谷区役所に行って認知届もらってきて。じゃあね」と切りそうだったので、わたしはついでのように、「男の子だって」と伝えた。

マンションから渋谷区役所までは徒歩十五分ぐらいだ。タクシーには乗りづらい距離なので歩いて行くことにしたが、歩きはじめて五分も経《た》たないうちに額から脂汗《あぶら》が噴き出し、激しい動悸《どうき》と立ち眩みで倒れそうになり、区役所に着くまでに四十分もかかってしまった。

わたしは区役所の戸籍係の前に立ち尽くした。係のひとがいない。婚姻届、死亡届、出生届の文字を何度も読み返すうちに、ふたたび立ち眩みに襲われ足もとが波打った。奥のデスクにいた中年女性がわたしに気づき、「早く座りなさい」と手招きしてくれた。

わたしは黙って座り、リュックを肩から下ろして、パスポートと外国人登録証明書と実印を取り出した。

「胎児認知ね。いい？　生まれてからじゃ遅いのよ。お腹の子の父親は認知してくれるといってるのね？　だったら早くしてもらいなさい。生まれる前に認知してもらえば日本国籍が取れるんだからね、いい？」

口をきかなかったわたしも悪いのだが、彼女はわたしが日本語をしゃべれないと思い込んでいるようだった。大きな声で一語一語切り落とすように話し、異国に出稼ぎにきて男に弄《もてあそ》ばれ孕《はら》まされた外国人女を憐《あわ》れむように両眉を下げた。勘違いだと気づかれたら、お互い気まずいので、わたしは沈黙をつづけることにした。「ボールペンでなぞればいいんだからね」と彼女は認知届に鉛筆で記入しはじめ、「その他」の欄にはボールペンで、「胎児を認知する」に印をつけ、「この届出を承諾します」と書いて、わたしの住所を記し、「ここにサインだけして」とボールペンを寄越した。わたしがサインすると彼女は捺印《なついん》し、父親が記入すべき欄を鉛筆で囲んだ。

「日本で生むの？」

わたしは黙って頷《うなず》いた。

「生んだら帰国するの？」

わたしは首を横に振った。

「お腹の子の父親に書いてもらったらね、またここに持ってきてもらいたいのよ。そのときに必要なものをここに書いといてあげるからね」

彼女はメモ用紙に、〈認知する父の持ってくるもの。戸籍謄本《とうほん》。柳さんの必要なもの。パスポート。母子手帳か病院の診断書〉と書いてわたしに手渡した。

部屋に戻ったわたしは十一月の暦を破り棄《す》て、一九九九年最後の月の暦を眺めた。そしてまだ日が残っているのにカレンダーをめくったことを後悔して目を瞑《つむ》った。七月頭に八ヵ月の命だと宣告されたのがほんとうだとしたら、東にはあと四ヵ月しか残されていないことになる。もちろん医師が病状から診断した統計的な推測に過ぎないのだが、それ以上の延命は、抗癌剤《こうがん》の効果が劇的に現れるか、本来持っている生命力が医師の所見を超えるほど強いかのどちらかしかない。桜前線が北上しても生存していたら、奇跡が起きたといわなければならないのだろうか。

東の命は三月まで、子どもの誕生は二月――。

暮れになっても二〇〇〇年のカレンダーに取り替えることなどできそうにないし、わたしの内で交錯する死と生から目を逸《そ》らさずに揺るぎない死生観を持てそうにも思えない。しかし二月、三月はかならず訪れるのだ。死と生に引き裂かれているわたしの胸に迫ってくるのは、ただ命の儚《はかな》さだけだ。夜毎《ごと》、不吉で恐ろしい夢をみては、自分の叫び声で目を醒《さ》ます。そしてお腹をさすっては、胎内の子に詫《わ》びるのだ。強くなるから、などとはとてもいえない。わたしの意気地のなさを認めてほしかった。

その夜、夢をみた。

わたしは沖縄の民家の庭に敷かれた花ゴザに座っている。となりの男は、彼なのか東なのか――、おそるおそる顔を向けると、東だった。そういえば、とわたしは夢のなかで思い出した。東が幼いころに亡《な》くなった母親は沖縄の宮古島出身だった。

東は、きらきら光るガラスの盃《さかずき》を手に持ち、ふたりの少女に泡盛《あわもり》を注いでもらっている。

飲んじゃだめ、といいたかったが、島の漁師のように日焼けし、白い髭《ひげ》と美しいコントラストをなしている東の顔は健康そのものに見える。癌が治ったのだ、わたしはうれしくなった。

赤瓦《がわら》の屋根の上では三匹のシーサーが動きまわっている。三線《さんしん》の音がして振り向くと、老婆《ろうば》の傍らの籠《かご》のなかで赤ん坊が眠っている。

わたしの赤ちゃんだ。

民族衣装を着た四、五十人の若い男女が庭をぐるりと取り囲み、手に手に三線と太鼓を持って身がまえている。月は煌々《こうこう》と庭と庭の背後にひろがるサトウキビ畑を照らし出している。波の音がする。海が近いのだろう。いつか東が、「民家の庭で、ひと晩中沖縄の唄《うた》を聞いてみたい」といっていたが、これだったのか、とわたしは納得した。

いっせいに太鼓が打ち鳴らされ、三線と唄が夜空に響き渡ったかと思うと、若者たちは踊り出した。あぁ、これは日出克《ひでかつ》の『神秘なる夜明け』のなかに入っている「ミルクムナリ」だな、とわたしは気づいた。東はくりかえしこの曲を聞き、「もし葬式をやるんならミルクムナリを流してほしい。葬式なんてやってもらいたくないけど」といっていたが、とすると、これは葬式なのだろうか。全身に震えが走ってあたりを見まわすと、老婆も赤ん坊も消えていた。

わたしはサトウキビ畑に分け入っていく。「おばぁちゃーん！　赤ちゃーん！」と叫びながら両手で狂ったようにサトウキビを掻《か》き分ける。腕も足も血だらけになる。遠くで響いていた「ミルクムナリ」が掻き消えると、目の前に束が倒れていた。死んでいる。産声がして近づいて行くと、赤ん坊が眠っていた籠のなかには黒い実がひとつあり、産声はそのなかから響いている。

叫ばずに、目を醒ました。

つい二、三日前、「アメリカから無事帰国して、子どもが無事生まれたら、三人で沖縄に行こう」と東にいったのだが、二〇〇〇年の三月を過ぎるまでは行かないところに誓った。

わたしはワープロの傍らに置いてある黒い実をつかんでベランダに飛び出し、思い切り遠くへ放り投げた。黒い実は音もなく暁闇《ぎょうあん》に消えた。

オルフェウスのように振り返ってはいけない。わたしは真《ま》っ直《す》ぐ地上からの光だけを見詰めて、三月の先に進まなければならないのだ。

胎児の父親である彼はつくづく面妖《めんよう》なひとだと思う。その言動を負の側面だけで繋《つな》ぎ合わせると、三文小説のヒーローに仕立てあげようにも、あまりにも軽薄さと嘘《うそ》と醜悪さを露呈しているので、ステロタイプの小悪党にしかならず、ピカレスク小説の主人公が持つ悪の魅力にはほど遠い。しかし、考えてみれば、紆余《うよ》曲折はあったものの、こちらが要求した条件はほぼ受け容《い》れてくれた。どの条件にもYESとNOのふたつの回答を準備し、かならず最初にNOを出し、激しく反論されると、しぶしぶYESの札を立て、気がついてみたら、ほとんどすべてがYESだったというのが彼の実感なのではあるまいか。このようなケースで胎児認知を実行するのは、誠実な人間だといっても差し支《つか》えないと思う。出産後にDNA鑑定で自分の子だと確認しなければ認知に応じないという男も決してすくなくはない。わたしはこの一点で、いつか子どもに、「あなたの父親は清いひとだった」と話せると密《ひそ》かに誇りを持っている。

人間ひとついいところがあれば
それでいいのだ

などと色紙に筆でしたためて、落款《らっかん》を押し、草花の絵などをあしらってひとさまに差しあげようとまでは思わないが、うれしいことはほんとうにうれしいのである。

ところがこの胎児認知を受理してもらうに当たっての渋谷区役所の対応には、怒髪《どはつ》天を衝《つ》くという慣用句をなんの抵抗もなく使えるほど怒りをおぼえずにはいられなかった。

十一月二十五日、戸籍係の窓口に妹と座っていると、男性職員がやってきたので、認知届と彼の戸籍謄本と、外国人登録証明書とパスポートと母子手帳を机の上に並べた。

「えぇっと、これじゃだめなんですよ。外国人登録済証明書じゃないと」

わたしは二十二日に同じ係の女性職員に書いてもらったメモ用紙を指し示した。

「これは三日前に書いてもらったものなんですよ。どこに登録済証明書が必要だって書いてありますか？」わたしは目を狭めた。

「でも、必要なんですよ」

「わざわざここの窓口にきて、教えてもらったんです。なんでひとによって必要なものが違うんですか？　マニュアルはないんですか？　最初から必要だっていわれてれば、持参してますよ。失礼だと思わないんですか？」

「上の階ですぐ取れますから」職員はわたしの剣幕に驚いて視線を落とし、「母子手帳は必要ありません」といった。

「このメモには必要だって書いてありますよ。二十二日にこの窓口にいた女の職員を、連れてきてください！」

「あッ、必要です。コピー取ってきます」職員は席を離れ、しばらくして母子手帳を手に戻ってきた。

「あなたのお名前は？」とわたしはペンを握りしめた。

職員は小さな声で姓をつぶやいた。

「フルネームですよ」

職員はさらに小さな声で名乗り、わたしは漢字を訊《き》きながら手帳にメモした。

「ここの窓口の正式名称は？」

「戸籍課、戸籍係です」

わたしはそれもメモして、「行こう」といって妹をうながして立ちあがった。

「手続きなさらないんですか？」職員はぽかんと口をひらいた。

「三階で登録済証明書を取ってきます」

「こういう目に遭うから、みんな帰化するんだ」わたしは歩きながら吐き棄てた。

「怖い。きっと子どもがイジメに遭ったら、いまみたいに学校に怒鳴り込むんだ。そして子どもは孤立して転校するしかなくなる」妹は冗談めかしていったが、エレベーターに乗るとしんみり口調に変わった。

「どうしてだろう、なんか悪いことしてるみたいな気持ちにさせられるのは。悪いことなんかなんにもしてないのに」

登録済証明書を発行してもらって窓口に戻ると、先刻の職員はこちらに気づいているはずなのに書類に目を落としたまま立ちあがる気配を見せず、べつの職員がやってきた。

「作家のかたですよね。ご本人ですか？」職員はわたしの顔と大きな腹と認知届を順番に見て、「なるほどぉ」といって咳《せき》払いし、「ユウさんの戸籍謄本は？」と訊いた。

「在日韓国人には戸籍がないんです。その代わりに外録があるんじゃないですか」

「韓国の戸籍は？」

「ありません」

「いえ、あの、韓国のかたで、本国に戸籍があるかたもいらっしゃるので」

「それは本国の韓国人でしょ？　在日には戸籍なんかありませんよ。あなたには、たまたま日本に滞在している韓国人と、日本で生まれ育った在日韓国人との区別もつかないんですか？」

職員は胎児の父親である彼の戸籍謄本を手に取った。

「ユウさんは未婚、ですか？」

「はい」

「相手のかたは結婚していらっしゃる？」

「はい」

「あなたは未婚で、お子さんの父親に当たるかたは結婚していらっしゃるんですね？」

「何度いわせるんですかッ！」

となりで黙っていた妹がわたしの膝《ひざ》を膝で押した。

「えっと……ちょっと向こうでお待ちください。お名前を呼びますので」

わたしは黙って席を立ち、うしろの長椅子《いす》に移った。

「やめなよ、興奮するのッ！　お腹《なか》の子どもも大きな声出すと驚くよ。もういつ生まれてもおかしくないんだから」

三十分待たされて、名前を呼ばれた。

「このですね、外国人登録済証明書ではだめなんですよ。あなたが未婚か既婚かどこにも記されていない。それがはっきりしないと届けを受理することはできません。韓国大使館で、未婚であるという証明書をもらってきてください」

「わたし、ほんとうに怒りますよ！　なんで係のひとが変わるたびに必要な書類が増えるんですかッ！」

「わかりました。ちょっとお待ちください」

ふたたび二十分待たされて名前を呼ばれ、胎児の父親である彼あての受理証明書を渡された。

「大使館の証明書が必要なんですけれど、ね、まぁ、未婚だとおっしゃるんで、サインしてくだされればけっこうです」

なぜ、こんな対応になるのだろうか。胎児認知自体は、それほどすくないとは思えないのだが、日本人の既婚男性と在日韓国人の未婚女性という組合せが珍しいのかもしれない。韓国ではいまだに姦通《かんつう》罪が生きているのと、日本と韓国の複雑な歴史が絡《から》み合って、こういう場合は中絶するか、女性及びその家族は生まれた子の父親が日本人だということをひた隠しにするのだろう。きっとそうだ、在日韓国人の未婚女性が日本人の既婚男性に胎児認知を求めるのは稀《まれ》なケースなのだ。わたしは胎児認知は、基本的人権に反する制度だと思う。たとえ嫡出子《ちゃくしゅつし》でなくても、日本人を父親に持って、日本に生まれた子どもは、当然日本国籍を取得する権利を有しているはずだ。胎児のうちに父親に認知してもらわなければ日本国籍を取得することができないというのは、とても理不尽な制度だ。だいたい非嫡出子は、父親が認知を拒めば、家裁の調停の場で話し合うしかない。その場合、出生後にDNA鑑定をするしかなく、胎児のうちに認知してもらうことは不可能である。外国人の母親と日本人の父親のあいだに生まれた非嫡出子が日本国籍を取得できるかできないかは、父親の一存で決まるのだ。

地方参政権の問題よりも深刻な差別だと思うのだが、なぜ在日本大韓民国民団や在日の政治グループは声をあげないのか——、やはりこのような問題を抱える女性自体を恥とする文化があるからだろう。わたしの妊娠を知った韓国のマスコミからものすごい数の取材依頼があり、すべて断った。いつか応じなければならなくなったとき、叩《たた》きに叩かれて祖国での評価は地に落ちるか、あるいははじめて公《おおやけ》に認知される未婚の母となるか、どちらかであろうが、後者のような甘い考えを持つべきではないと自戒している。韓日の友好のためならば、どんな小さなことでもしなければならないと考えてきたが、わたしが子どもの国籍を日本にしたことで、韓国民とのあいだに意識と感情の亀裂《きれつ》が生じ、祖国を棄《す》てた者と烙印《らくいん》を押されてしまうとしたら、残念の極みというしかない。

区役所の手続きを終えて、渋谷〈ＰＡＲＣＯ〉の和食の店で食事をした。松花堂弁当が運ばれてくると、日本茶をひと口啜《すす》って、妹はいった。

「あの男との交渉は、これで終わり」

「でも、まだ養育費のこととか話がついてないでしょ」

「あたしは下りる。これ以上あの男に関わりたくない。あいつは最低の人間だよ。悪人だったら、悪いことをしてるって自覚してるから、自覚がある分許せる。でもあいつはこれっぽちも自分が悪いとは思ってない。中絶しないで、認知と養育費を要求しているお姉ちゃんが加害者で、自分は可哀相《かわいそう》な被害者。求めてるのは、認知と月々五万円の養育費だけなんだよ。なのにどうして、サラ金の取り立てみたいに扱われなきゃならないの？　その子は、あいつの血を分けた子どもなんだよ。本来なら、こっちが求める前にあっちから、子どものことはこうしましょうと提案してくるのが筋でしょ？　なんでこんなに哀《かな》しい惨《みじ》めな気分にさせられなきゃならないわけ？　とにかくあたしは下りる。あとは弁護士に頼んでよ。あいつの顔なんか二度と見たくないし、声も聞きたくないから」

〈ＰＡＲＣＯ〉の前で妹と別れ、タクシーをつかまえようとしばらく道端に立っていたが、空車が一台も通らないので歩いて帰ることにした。

雨が降り出した。十一月の終わり、あと数日で十二月。「あの人なしでは1秒でも生きてはゆけないと思ってた　あの人がくれた冷たさは薬の白さよりなお寒い」と中島みゆきの「肩に降る雨」を口ずさみながら〈東急ハンズ〉に入って傘を買い、そのままふらふらと店内を歩き、写真立てを手に取ってレジに持って行った。なんのために買ったのかわからなかった。子どもが生まれたら写真を入れようと思ったのだろうか。そういえば、彼の写真は一枚も持っていない。八月末にふたりで旅した沖縄にはカメラを持参したのだが、風景を撮っただけで、彼には一度もレンズを向けなかった。一枚くらい並んで撮っておけばよかった。彼ひとりの写真でも——。

わたしは小学生のころ、幼い自分の写真がおさまったアルバムよりも、父と母の結婚式の写真、新婚旅行の写真のアルバムをよくひらいた。韓国の結婚装束《しょうぞく》に身をつつんだ父と母、滝の前で恋人同士のように母の肩を抱いている父、旅館の浴衣《ゆかた》姿の母、眠そうな顔と裾《すそ》から出た素足が子どもの目にもなまなましかった。けれど、その写真を見ると、いがみ合うことが多い父と母が、わたしたちが生まれる前は、男と女として愛し合っていたのだと確認することができた。

父親と母親がいっしょに写った写真がないどころか、父親の写真が一枚もない。子どもはそのことを淋《さび》しく、辛《つら》く感じるだろうか。写真立てに入れたいのは、子どもを挟んで写っている彼とわたしの写真だったのかもしれない。

窮地《きゆうち》に立たされた人間は、ある一定量の不安という水が入っていなければ安定しないもののようだ。記憶を修正し、想《おも》い出をデフォルメしてまで過去からの不安の流水を減少させようと試みる。泣き明かし、許しを乞《こ》い、憎しみと恨みに苦しむだけ苦しむと、不安は和らぎ、しばらくのあいだは穏やかな時間がつづくように思われるのだが、国籍、保育園、ベビーシッター、小学校、アルバム……未来の不安が既にひたひたと水位をあげているのだ。

ひとつの例をあげると、わたしは子どもが十一、二歳になるまでのあいだに、なぜひとを殺してはいけないのかをきちんと教えられる自信がない。

過去の疵《きず》と未来への恐れを抱えて、どうやって生きていけばいいのか――、わたしは出産のとば口で途方に暮れていた。

東に一度だけこういったことがある。

「東さんが死んだら、わたしが自殺する可能性はないのかなぁ。あるような気がするんだけど」

だから、死なないでほしい、ときどき口にする死を容認するような言葉を慎《つつし》んでほしい、と励ましとも脅しともつかない気持ちでいったのか、ふと浮かんだ考えを素直に声に出しただけだったのか、自分自身にもわからなかった。

「どうしておれが死んだら、あなたが自殺しなければならないの?」

そうだ、理由はない、とわたしも思った。

「それに、あなたにそんなことをさせないために、子どもが生まれてくる。きっとその子が止めてくれますよ」

話はそれで打ち切られたが、わたしは納得したわけではなかった。他人にはどんなに考えても自殺の理由が見出《みいだ》せなくても、自殺者にとっては、すくなくとも命を絶つその瞬間にだけは明確な理由が心に浮かんでいるのだ。

十二月七日、東がニューヨークに旅立った。キッドの大塚さんが同行し、翌日には最相さんと飯田さんが渡米して、ニューヨークのホテルで合流することになっていた。

東を送り出したあと、ひとりでリビングのテーブルに座っていると、帰国するまで対岸からの知らせをただ待つしかないのだという無力感に襲われ、当分のあいだはなにもする気になれないだろうと思った。癌《がん》患者の身近にいる者は、無力な自分を呪《のろ》い、罪の意識に苛《さいな》まれずにはいられない。なんの力にもなれないという悔しさを味わうことなしに癌患者と並走することはできないのだ。アメリカの病院での治療を強く希《のぞ》んだのはわたし自身のはずなのに、もしものことが起こったらどうしようという不安に溺《おぼ》れそうだった。対岸どころではない、遥《はる》か遠くに隔絶《かくぜつ》されてしまったのだ。

そして、わたしの体重は増えつづけた。

体重計の針が六十五キロを指したときの惨めな気持ちにはそうなれるものではない。自己をコントロールできないだけではなく、子どもの命まで脅《おびや》かしているのである。過食《かしょく》しているという自覚はないのに、簡単に一日一キロ増えてしまうのだ。

東がいたときは、わたしの好物の生姜焼《しょうがやき》の量を百五十グラム以内にしろだの、クッキーは二枚しか食べてはいけないなどと制限され、しまいには深夜に目醒《めざ》めたわたしが食べそうな菓子類やカップ麵《めん》などを東の部屋に隠されていたのだが、自分でもどうしてこれほど体重が増加するのかわからなかった。渡米する前日に、わたしは六十二キロ以内、東は五十キロ以上をキープするという約束を取り交わしたのだが、とても守れそうになかった。

わたしは新聞広告で現代のアメリカを描いた映画を探すようになっていた。

ある日、歩いて渋谷に出て、『ファイト・クラブ』を上映している映画館に入った。ポップコーンとコカ・コーラを買って二階の指定席に座り、やがて暗闇《くらやみ》に溶け込んだ。映画の内容などどうでもよく、英語を耳にし、行ったことのないニューヨークの街を観察できさえすればよかったのだ。それで東となにごとかを共有しているという錯覚に陥りたかっただけだった。こんな風に書くと、恋愛感情を吐露していると誤解されそうだが、そういう気持ちは微塵《みじん》もない。それほど無気力だったともいえるし、孤絶感から逃れるために、ポップコーンを口に放り込みながら映画を観《み》るという呆《ほう》けた時間に身を浸したかっただけなのかもしれない。

ひとつの命はわたしの内に、もうひとつの命はニューヨークにある。そのどちらともうまくコミュニケーションできないことに、わたしは苛立《いらだ》っていた。

映画館の帰りに〈マクドナルド〉に入って、ビッグマックとチキンナゲットとフライドポテトとホットアップルパイとシェイクとファンタ・グレープを注文して平らげてしまった。

店から出てもなんの満足感もなく、こころはボロボロだった。わたしには母親になる資格がない！

翌日あたり、東から電話かファックスが届くはずだった。いま東京は午後五時二十分だから、ニューヨークは確か午前三時二十分——。

Date：1999／12／8

柳美里様

ニューヨークの2日目は、最相さん、飯田さん、大塚さんたちと一緒に、「TRIBECA GRILL」でディナーをとりました。ヤッピーを集団で見たのは初めてで、満席でしたが、見事なほどヒスパニック系や黒人などの客はいませんでした。何だか高級なゲイバーか、ゲイのパーティーに紛れ込んだみたいで、食事中、お尻《しり》が椅子から浮いているという感じでした。

明日、ケルセン先生の初診を受けます。どうなるのかさっぱり分かりませんが、出国前に話したように、とりあえず入院して、日本では受けられない抗癌剤を投与されるんじゃないかと思っています。初診料の1200$以外は知らされていません。何、アルマーニでコートから靴下まで揃《そろ》えるようなものだ、と嘯《うそぶ》いていますが、考えてみれば、そんな買物は一度もした事がないので、怖い！

東由多加

Date：1999／12／11

柳美里様

電話で話したように、今日（ニューヨーク・11日）「THE MAYFLOWER HOTEL」を出ました。宿泊代等は、4人ののべ宿泊数が14日間だったので、予算通り4000$で済みましたが、何と、ぼくの部屋の通話料が（ファックスを含めてです）1300$もかかってしまいました。国際間でも使えるテレフォンカードがあって、ホテルを出て、それを使用してみたところ、30分話しても2000円前後かな、という感じなのに。

しばらくは「THE MAYFLOWER HOTEL」にいて、正月が過ぎて観光客が引き上げたら、もう少し安いホテルを探そうと考えていたのですが、その事を知ったエレンが激怒。「LA MAMA」の2軒隣の「ALEX劇場」の4階に、外国からきた劇団関係者のための宿泊施設があるので、そこを使うように厳命されてしまいました。

ぼくと大塚さんで2部屋空けてもらいました。明日、北村さんがニューヨーク入り。彼女はこれまで全くといっていいほど料理を作ったことがないそうですが、明日から「キタムラ・ジャパニーズレストラン」が開店します。

東由多加

柳美里様
Date：1999／12／19
★話を少し整理しておきます。電話や手紙などと重複する箇所があるのは確認の為《ため》だと理解して下さい。

★タキソールによる抗癌剤治療（ケモセラピー）は、既に12月16日に90～120分かけて投与してもらいましたが、23日（木）、30日（木）、2000年1月6日（木）、13日（木）、20日（木）の計6回の予定です。あなたは入院出来なかった事を気に病んでいましたが、アメリカ人の誰に訊《き》いても、「通院でよかったですね」と喜んでくれます。通院ならば費用は安く済むし、時間も自由に使えるというのが彼らの発想です。よくよく考えてみれば、週1日の通院で2時間で済むものを、院内に閉じ込められ、毎日24時間点滴で縛られるのは無意味だものね。ケルセン先生は、「劇場にも美術館にも行けるし、美味《おい》しい食事もとれてニューヨーク生活を楽しめます。あなたが望むのなら郊外に家を借りて静かな暮らしを送れますよ」とぼくの肩を叩いて微笑《ほほえ》みました。

★6回の投与後にCT検査を行い、もしタキソールが効いていないようであれば、イリノテカンに切り換えるという方針が決定されています。1997年に臨床試験段階でおよそ100名の死者を出して騒がれた、例の危険な抗癌剤です（副作用に関する資料は集めてくれていますよね？）。日本では術後の死者（手術が原因とみられる死亡者）の数については情報公開もされなければ、騒ぎ立てもしないのに、何故か薬害については過剰反応します。その為、現場の医師はなかなか投与に踏み切れないし、また医療行政の側もハードルを高くしているから、ほとんど使用されていない抗癌剤もあるようです。

★ああ、そうだ、ケルセン先生によると、「タキソールもイリノテカンも日本で投与できるのだったら、保険も使えないし、不自由をしてまでスローン・ケタリングで治療を受ける必要はないと思います。とにかくもう一度きちんと確かめた方がいいです」とのことです。ぼくは日本では使用できないと思いますが、大至急、国立がんセンターの室先生に確認を取って下さい。お願いします。

★北村さんの食事はマアマア、といっては失礼なほどで、毎日本当に美味しく食べています。ところが今朝から、吐き気がするというわけでもないのに食欲不振で、何となく食べる気になれない。この症状はがんセンターに入院中にもあったのですが、少しずつ書き貯めているクリスマスカード兼年賀状に手を出す気力も起きず、一日中ベッドに横たわってうつらうつらしています。

★かなり咳き込んでいるので、心配したエレン・スチュアートが「ＬＡ ＭＡＭＡ」のスタッフに命じて電気ストーブを何台も運び込ませ、寒波のなか屋上に登らせて天窓を修理させ、窓という窓にプラスティック板を貼《は》りめぐらせました。さらに病院に電話して、「ＥＮＳＵＲＥ」なる食事をとれない病人の為の栄養剤を大量に買って来させたりもしています。ぼくはタキソールの副作用だと判断しているのですが、エレンは風邪をひいたせいだと思い込んでいるらしい。

一昨日の夕方、エレンがのしかからんばかりにベッドに這《は》い上がってきて、パジャマと下着を脱げと言い出したので、さすがのぼくも仰天して、「全部？　下もですか？」と恐る恐る尋ねると、エレンは大笑いして、「上だけでいい！」と言って手に持っていた薬瓶の蓋《ふた》を開け、人差し指でたっぷりと掬《すく》い上げた軟膏《なんこう》のようなものを、黒い大きな掌《てのひら》でぼくの胸から肩にかけて塗り付けました。後で北村さんに訊いたら、風邪をひいた子どもがお母さんにやってもらう「ヴィックス・ヴェポラップ」だそうです。背中にもたっぷり！　明日も、多分ぼくが風邪をひいている間はずっと、エレンの仕事になりそうです。というのも、北村さんが、「私がやります」と申し出ても、「Ｎｏ！　Ｔｈｉｓ　ｉｓ　ｍｙ　Ｊｏｂ」とか何とか言って、譲るつもりは毛頭ないようでしたから。

まさにあなたが言っていた家族のようなものがニューヨークにも存在しているのです。（それに！　話し忘れましたが、エレンには、アメリカ人と韓国人の養女が居て、韓国人女性はミアという名です。彼女のお父さんはソウルでかなり大きな演劇学校を経営しているそうで、姓は何と！　柳というのです。ぼくが「もしかしたら、在日韓国人の柳美里という作家と親戚《しんせき》かもしれませんね」と言ったら、彼女は「柳という姓は韓国では少ないから、その可能性は大ですね」と言っていました）

★中2階のぼくの部屋を訪れたエレンは、バニラ味の「ENSURE」の甘みを抑える為にアイスコーヒーを少し足すように、と北村さんに説明しているのですが、英語がなかなか通じません。ぼくは、まるで甘美で切ないコメディを観ているような気分で、とても愉快でした。9月の草原でハンモックに揺られながら、ありもしない家族の夢を見ているのかしらん！　と思ったほどです。

その時です、突然険しい表情になったエレンがぼくの顔を覗《のぞ》き込みました。

「ヒガシ、私はクレージーに見える？」

ぼくは少し考えてから、ゆっくりと首を振りました。

「普通の人より偉大に見えます。神様のすぐ側《そば》に住んでいる人のように」

そう言っても、ちっとも気障《きざ》な表現だとは思えませんでした。ごく正直に、ありのままに感じた言葉が口を衝《つ》いて出たのです。

「私は普通の人だけど、クレージーじゃない」とエレンは弱々しく首を振り、大きな嘆息を吐《つ》いて立ち上がりました。

多分、エレンは周囲のスタッフから、「何もそこまでしてあげる必要はないんじゃないか。クレージーだ」ぐらいの事は言われたのでしょう。考えてみれば、北村さんも、大塚さんも、あなたも、多くの人たちから「クレージーだ」と思われているに違いありませんね。もし、そうでなければ、何故そこまでしてあげる必要があるのでしょうか？

東由多加

Date：1999／12／26

柳美里様

★青天の霹靂《へきれき》とか急転直下という言葉はこんな時に用いられるのでしょうか？

本当に驚きましたよ。タキソールとイリノテカンが日本で、しかも国立がんセンターで使えるとは！

室先生の表現には、官僚の文章のような含みが多過ぎて（それほど微妙な立場に立たされるという事でしょうけれど）真《ま》っ直《す》ぐ解釈してはいけないのかもしれませんが、ぼくの理解では、癌原発の箇所によってタキソールとイリノテカンの単剤使用は認可されているものの、認可されていない臓器の癌には、何《いず》れも保険適用外となっていて、保険適用外の薬剤は私立病院ならいざ知らず、公的な側面を有する医療機関ではそう簡単には使用出来ないのではないでしょうか？　もし強い副作用が出て死亡するような事態に陥ったら、かなり大きな問題になるからです（事実、室先生はそう書いてますね）。室先生は希望的観測、あるいは医師としての情熱から、使用に踏み切れると判断しているようですが、何と言ってもがんセンターは国立病院です。そこで厚生省の担当官とがんセンターの医事部長が話を進め、癌治療では世界一と評価されているメモリアル・スローン・ケタリング癌センターがタキソールを投与し、目立った副作用が現れなかった事を拠《よ》り所にして、とりあえずタキソールの使用を許可したのではないでしょうか。もし、イリノテカン投与を許可出来る状況にならなければ、国内のいくつかの病院でしか許可が下りていないネダプラチンとビンデシンを2剤併用する——というのががんセンター及び室先生の決断ではないかと思うのです。ぼくはイリノテカンの使用が、厚生省の担当官とがんセンターの医事部長の間で合意に達しているとは考えていません。さて、どうすればいいのでしょうか。

★ぼくが渡米した動機の一つは、日本以外の国で（全《すべ》ての国ではないのでしょうが）使用され、ある程度の効果を確認されている薬剤が、日本の医療行政の様々な歪《ひずみ》によって認可されていない現状は容認し難い——という事でした。結論から先に述べると、4回目（1月6日）でスローン・ケタリングの抗癌《こうがん》剤治療は打ち切らせてもらって、残り2回をがんセンターで継続し、その後CT検査を受けるというのはどうでしょうか？　そうすれば、あなたの出産（予定日は2月1日でしたよね）に確実に間に合うし、いざとなれば出産を見届けてアメリカに戻る事だって出来ます。このファックスを読み終えた頃に電話するので、早急にあなたの考えをまとめて下さい。

★クリスマスはエレンがレストランを予約してくれたのですが、食欲が全くないのでキャンセルしてもらうしかありませんでした。ぼくはエレンにシクラメンの鉢を贈りました。エレンは日本料理店でうどんを買ってきてくれて、エレンと北村さんの3人でささやかなクリスマスを祝いました。2人には本当に申し訳なかったのですが、ぼくにとってはこれ以上望めないほどのクリスマスでした。世界中の癌患者がどんなクリスマスを過ごしているのかを想像するだけで、サンタクロースには優先的に訪ねてもらいたいと思います。感傷《かんしょう》が許されるのも癌患者の特権ですよね！　それにしても北村さんのパートナーである峯《みね》のぼるさんは、どのようなクリスマスを過ごしたのだろう、きっと泣きながら酒を呷《あお》ったのでしょうね……。
★それから、遂《つい》に髪の毛が抜け始めました。看護婦さんからは、シャンプーしている最中にゴソッと抜けるか、朝起きた時枕《まくら》カバーにベッタリ——と聞かされていたのですが、ぼくの場合は、何気なく引っ張ったら面白いように抜けるという形で始まりました。
★そう言えば、先週、病院からの帰り道にエレンが急に立ち止まって、「ヒガシ！」と叫びました。
エレンはワゴン車の前で帽子を振りかざして言いました。

「これを買いなさい」

近寄ってみると、NYのマークが入った毛糸の帽子でした。

「買わない」とぼくが首を振ると、

「どうして？」エレンは眉《まゆ》を顰《ひそ》めました。

「いい型ではないし……」

値札を見ると、10＄でした。

「安いし、暖かいのに」

動こうとしないエレンが気の毒になって、コートのポケットからドル紙幣を摑《つか》み出そうとした瞬間、エレンは肩を竦《すく》めてさっさと歩き出してしまいました。親孝行だって、けっこう難しいんですよ。

別の日に、北村さんが半日がかりで帽子を探して歩き廻り、イタリア製のチロリアンハット風の定価70$の帽子を、TAX込みで45$で買ってきてくれました。

★1月10日前後に帰国するとして、これまでにかかった費用は、

(1) 初診料　1200$
(2) 薬品代　140$
(3) CT検査料　2500$
(4) 肺の診察料　550$
(5) 抗癌剤治療費　17500$
(6) ホテル代　5000$
(7) 食事代（外食分）　900$
(8) 生活費（北村料理・日用雑貨他）　1200$

おおよそ28990$かかった事になります。確か今年7月の入院の時に国立がんセンターに支払った金額は330万円だったはずなので（アメリカではもち

ろん保険は利かない。だけど日本の病院だって、個室料金は保険外）、法外な金額かどうかは意見が分かれるところでしょう。宿泊代だけではなく、通訳も「InterArtsNewYork」の仙石紀子《せんごくのりこ》さん、そして「MAGIC WORKS International」の酒井弘樹《ひろき》さんが仕事上のパートナーである瀧上妙子《たきがみたえこ》さんに頼んでくれて、1回につき最低でも500$はかかると思われる通訳は無料で済みました。それに1食1$程度の食材で専用コックになってくれた北村さんのおかげで、20000$以上を使わないで済んだ計算になります。仙石さんは、「明日までに17500$入金してもらわないと治療は受けられません」と病院側が通告してきたので、10000$ものお金を借用書なしで貸してくれました。ニューヨークに30年以上住んでいる人が、たいした面識もない男にこんな大金を貸してくれるなんて――。酒井さんと瀧上さんにしても、グローバルスタンダードの経済感覚では到底やれなかったはずです。死ぬまでにお返しが出来るかどうか、とても心配です。

★何れにしろ、ぼくは運が良かったと言わなければならないでしょうね。

★初めて言いますが、あなたの赤ちゃんに何をしてあげられるだろうかと考えてきました。ぼくには恐ろしいほど時間がないのですが、出来れば、ですよ、死ぬまでに3人の名前をプレゼントしたいと思っています。赤ちゃんの御守《おまもり》のなかに3人の名前と生年月日と住所と電話番号を書いた紙を入れます。その3人は、赤ちゃんの身に何か困った事が起きた時に連絡すると、必ず役に立ってくれる人です。ぼくに代わって助けてくれます。

あなたは4人見つけて下さい。

そうすれば、あなたの赤ちゃんは7人の使徒に守られる事になります。もしぼくがその3人を見つけられなかったら……54年間生きて、3人の名前をプレゼント出来なかったら……でも、きっとプレゼントします！

東由多加

東がニューヨークに発《た》つ前に、互いの体重を増減しようという以外には、一日一回電話で連絡を取り合おうとか、一週間に一度くらいは手紙かファックスで状況を書き送ろう、といった類の約束は交わさなかった。それでもほぼ毎日どちらかが電話をかけ、事ある毎《ごと》にファックスを送り合った。

英語をまったく話せないわたしは壁にかけてあるホワイトボードに、

「ハロー・アイ・ウィッシュ・トゥ・スピーク・トゥ・ミスターヒガシ」

という編集者に教えてもらった英文をカタカナで書き記し、電話口に出たアメリカ人が英語をしゃべり出そうものなら即座に受話器を置けるよう身がまえて、まるで小学生の口上のように読みあげるのであった。何度か若い男に英語でしゃべりかけられ、「ミスターヒガシ」とくりかえしても東に代わってくれそうにないので、「ノー、ソーリ」といって切ってしまい、それから数時間は電話する勇気が湧《わ》いてこなかった。

東の便りは、行間から彼のキャラクターが滲《にじ》み出るような、気取りも衒《てら》いもない独特の文章でつづられていて、読んだあとにかならずうれしくなる。世の中の出来事は気分次第で、なんだって愉快なものなんですよ、と励まされるのだ。

わたしの友人は、東と話したあとでこういった。

「どうして東さんの身近にはあんなに面白いことが起きるんだろう」

彼のサービス精神が為《な》せるわざだといってしまえばそれまでだが、ニューヨークのロフトで八十四歳のエレンにヴィックス・ヴェポラップを塗ってもらっている東の姿を想像しただけで笑いがこみあげてくることにしても、決して彼が誇張したつくり話ではないのだ。幼いころに母親を亡《な》くし、母親から愛情を注がれた記憶を持たない男が、五十数年後にほかのひとが滅多に体験できないような母性につつまれているのだから、人生はどこかで帳尻《ちょうじり》が合うものだと思わずにはいられない。

その後のファックスで、エレンのひとり息子がリンパ節と肝臓に転移した胃癌で一九九八年秋に死亡していたということを知らされた。エレンはニューヨークの大きな病院で治療するよう勧めたのだが、息子は棲《す》みなれたウィスコンシン州を離れず、片田舎の病院で息を引き取ったのだそうだ。エレンがあれほど熱心にニューヨークでの治療を勧め、東を「ALEX劇場」の四階に棲まわせたのは、息子を看護してやれなかったという悔恨の念が大きいのかもしれない。東が「親孝行だって、けっこう難しいんですよ」と書いているのは、きっとそういう意味なのだろう。

「エレンと息子さんの仲はそれほどうまく行っていなかったのかもしれません」とも書いてあったが、わたしはふとエレンの孤独を思い、その深淵《しんえん》にこころが痛んだ。

神の傍らに棲まわせてもらえる幸福なひとなど存在するのだろうか。エレンが東にいった通り、みんなごく普通のひとに過ぎず、ただ抱えてしまった愛情の量が多いかすくないかの差なのではないか、とわたしは思う。

帰国すべきかどうかの判断はとても難しい。帰国後、残り二回のタキソールを投与しても効果がみられず、さらにイリノテカン、ネダプラチンとビンデシンを試みても無効であれば〈国立がんセンター中央病院〉としてはもはや対症療法以外に打つ手はないのではあるまいか。これは世界中どこの病院で診てもらっても同じなのかもしれないが、「最後まであらゆる手を尽くします」というケルセン先生の言葉にすがりたい気持ちも棄《す》て切れないのである。

しかし正直にいって、陣痛がはじまったとき、わたしを病院に連れて行ってくれるのは、東のほかには思い当たらなかった。東のいう通り、出産後の再渡米も視野に入れた上で帰国することを選択するしかなさそうだ。

それにしても、生まれてくる子どもに七人の名前をプレゼントするという東の言葉は胸に応《こた》えた。不幸な生い立ちの子どもが、七人のひとに助けられながら苦難を乗り越え成長していく——、愛と冒険をテーマにした児童向けのリアリティのない物語として受け止めることもできるが、では、わたしが子どもの御守のなかにだれかの名前を入れてあげられるかといえば、まるで自信がない。だとすると、わたしにはたったひとりの友人もいないということになってしまう。わたしがあげることができるのは母の名前だけかもしれない。だが母の営んでいる不動産屋が倒産したら孫どころではなくなるのではないか。東とわたしの死後、いったい、この子はどうなるのだろう。

むかし、わたしがキッドで女優を目指していたころの話だ。

稽古《けいこ》中、東がある研究生に質問した。

「いったいあなたには何人の友だちがいるんですか？」

「十二、三人だと思います」

「なにをもって友だちというかは難しいですね。たとえば困ったときにかならず助けてくれるひとが友だちだとすると、あなたには何人いますか？」

「……五人、だと思います」研究生は窮地に追い込まれたような表情で答えた。

「じゃあ、いま、あなたがたいへん困っているということにして、ここに呼んでみてください」

「いま、ですか？」彼女は目を丸くした。

「いまです」東の顔は真剣だった。

彼女は稽古場から出て行き、公衆電話があるロビーから、「お願い、きて！　ほんとに困ってるの、きて！」という悲鳴のような声が聞こえてきた。

二十分ほど経《た》って、稽古場のドアが開いた。

「三人しかつかまらなかったんですけど……ひとりはこれから彼氏と逢《あ》う約束があって……ふたりはバイト中で……だれも……」

「もしあとのふたりに電話がつながったとして、あなたはきてくれると思いますか？」

うつむいた研究生の肩が小刻みに震え出し、静まり返った稽古場に啜《すす》り泣きが波紋のようにひろがっていった。

「わかりません……わからない……でも、ほんとに友だちなんです！　みんなバイトとかいろいろ事情があるんです！」

「そうですか。友だちよりバイトですか」

東の顔に勝ち誇ったような表情はなく、淋《さび》しそうなだけだった。

しばらくは研究生同士で、「自分だったら何人呼べたと思う？」と訊《たず》ね合っていたが、そのうちに話題から消え、忘れ去られた。

自分の代わりに子どもを助けてくれる使徒を三人捜し出す——、東の気持ちは痛いほどよくわかるが、わたしが希《のぞ》んでいるのは、そんなことではない。東の代わりなどいないのだ。

わたしが希んでいるのは、東と子どもとわたしの三人で花見をすることだ。三人で、真夏の砂浜で波と戯《たわむ》れることだ。月見をすることだ。雪の降る音に耳を傾けながら露天風呂《ぶろ》に入ることだ。

わたしが希んでいるのは、春と夏と秋と冬が、五回、いやせめて三回めぐってくること、ただそれだけなのだ。

東は渡米をする直前に、『新潮45』の中瀬ゆかりさんに、「柳さんが早産する可能性もあるので、何人かの編集者でローテーションを組んで、一日に一度様子を見にきてやってください。それから妊娠中毒症なのに食べるのが止まらないようだから、お菓子やカロリーの高い食べ物を差し入れないように、みなさんに伝えてくれませんか」と頼んで渡米したそうだ。

東が出国した翌日から、中瀬さん、新潮社出版部の矢野優さん、『ダ・ヴィンチ』の細井ミエさんの三人が代わる代わるきてくれていたのだが、クリスマスが近づくと彼らも休みに入り、休み中は自分の家のことで忙しいだろうと気兼ねしないわけにはいかなかった。彼らとは仕事で出逢い、仕事を超えてつきあってはいるが、仕事抜きでは成立しない関係なので、休み中の頼み事は気が引けてしまう。わたしは中瀬さんに、「年末年始の食べ物は宅配業者に注文したからクリスマス以降はひとりでだいじょうぶです」とファックスした。

お歳暮とともに、一昨年出産した細井さんに頼んでおいたベビー用品がつぎつぎに届いた。スイングベッド、乳母車、冬用の布団《ふとん》、毛布、夏掛け、哺乳瓶《ほにゅうびん》、おむつ、ベビー服など――、多くの母親のように赤ん坊の誕生を待ち望むことができなかったわたしは、それらの包装も破かずに、自分の目に触れないよう押し入れにしまい込んだ。「年明けにレンタルのベビーベッド、ベビーバス、チャイルドシートが送られてきます」と細井さんからファックスが届いたが、他所《よそ》の荷物を一時的に預かる約束をしているようにしか思えなかった。

日々わたしのなかで実在感を増す胎児と東の不在、わたしはあまりにも大きな実在と不在の板挟みに堪《た》え切れず、外に出る気力が起きないばかりか、一日中横になってとなりの東の部屋の気配に耳を澄ました。東がいるときは、深夜咳《せ》き込む声がすると、肺の癌《がん》が悪化したのではないかと不安に襲われたが、東がいない部屋は、音がしても、しなくても怖かった。完全な鬱《うつ》状態がつづき、新聞もテレビも音楽も本も、すべてにうっすらと偽善《ぎぜん》の埃《ほこり》がかぶっているように思え、ただひたすら自分の内に縮こまり、パンク寸前まで不安と恐怖を膨らませていった。

そして深夜一時を過ぎると、布団のなかから這《は》い出して、ニューヨークの時間に潜行しようと受話器を握りしめるのだ。

「いま、そっちは何時?」

かならず、この質問で会話がはじまった。何度も時差の計算を教えてもらったのだが、九九《くく》さえ満足にできないわたしにはよくわからなかった。七×三は、と訊《き》かれても、咄嗟《とっさ》には答えられず、もしかしたら三×七だったら正解をいえたかもしれないというほどの計算音痴なのだ。

訊くことは決まっていた。容体、食べたもの、そして髪の毛が抜けていないかどうか。というのは〈メモリアル・スローン・ケタリング癌センター〉で投与されているタキソールはほぼ百パーセントの確率で脱毛すると聞かされていたからだ。〈国立がんセンター中央病院〉のエレベーターや屋上の食堂で、髪を剃《そ》りあげた男性やスカーフや帽子で頭を隠している女性や子どもの姿をよく目にした。しかし、渡米した十二月七日の時点では、東の髪の毛はふさふさしていた。もちろん脱毛の副作用が出ないからといって、抗癌剤が効いているというわけではない。副作用がまったく出ないのに効いていない場合も、副作用も強く出るが劇的に効く場合もあり得るのだが、わたしは勝手に、髪の毛が抜けず普通に食事を摂《と》れているうちはだいじょうぶ、と自分を安心させていたのである。

東は十月ぐらいから左肩の痛みを訴え、最初は左手でものを持てない程度だったのだが、次第に歩くと激痛が走るようになり、渡米前には寝返りも打てないという状態にまでなっていた。左腋《わき》の下と首の付け根のリンパ節の転移癌が増大したせいではないか、とがんセンターの室先生に訊ねたのだが、リンパ節の癌は痛まないと断言したので、東とわたしは虫歯が悪化したせいにちがいないと歯医者に通い、痛み止めと抗生物質の錠剤を旅行バッグに入れて渡米したのである。

電話口でライターを擦《す》る音がした。

「煙草《たばこ》、吸わないほうがいいよ」

スローン・ケタリングの検査で、肺に水が溜《た》まっていることが新たに判明していた。

「あなたが過食するのと同じじゃないかな。あなただっていけないとわかってるのに、食べるのをやめられないわけでしょ？　他人に迷惑をかけてない分、おれのほうがマシだといってもいい。あなたは食べることで胎児の命を脅《おびや》かしているんだからね。そうだな、あなたが体重を六十二キロに戻したら、煙草をやめてもいい。約束しますよ」

東には六十四キロと嘘《うそ》をいっていたが、実際は六十七キロだったので、五キロ減らすのは不可能に近かった。

「痩《や》せれば、やめるの？」

「六十二キロになった時点でやめる」

「じゃあ、食べない。どうせ外に出られないし、もう編集者はこないから買い物も頼めない。年末年始はコーンフレークだけで過ごすよ」

といったものの、不安が高じると円山町《まるやまちよう》の〈ローソン〉に行き、かっぱえびせんやチーズビットや明治の板チョコなどを買っては、食べながらマンションに戻るのだった。口にものを入れていないと落ち着かなかった。妊娠前はチェーンスモーカーだったのが、妊娠がわかった六月から一本も吸っていないことも影響しているのかもしれない。

食べ過ぎてはいけない、まったく食べないわけにもいかない、一日千八百キロカロリーで食塩七グラムという制限を守るためには自炊するしかないのだが、わたしは料理というものがまったくできなかった。十六歳で高校を退学処分になって〈東京キッドブラザース〉で女優を目指し、十八歳のときに劇団〈青春五月党〉を旗揚げして十本の戯曲を書いて発表し、二十六歳のときに「石に泳ぐ魚」を書いて、以来小説を書きつづけ、日常生活を営む時間がなかったのだ。ワープロを抱えて旅に出て一年の大半を山奥の温泉宿で過ごすという生活を送り、マンションは物置と化していた。しかし、子どもが生まれたら、子連れで放浪するわけにはいかない——。

十二月二十二日午前八時、〈日本赤十字社医療センター〉産科病棟の三階でNST（胎児モニタリング）検査を受ける。受付でもらった用紙に、〈NSTとは、出産にそなえて、赤ちゃんの心拍数の変化と子宮収縮の有無を連続的に監視し、健康状態をみる検査です。約四十分かかります〉と書いてある。

腹に装置を取りつけられて、マッサージ機のような椅子《いす》に座った。となりの椅子の妊婦には夫が付き添っていて四十分間ずっとしゃべりつづけていた。わたしは目を瞑《つむ》って、その会話を聞いていた。

一階外来に移動して超音波検査をすると、三十四週と一日で二千三百十二グラム。十一月の検査のときは平均より小さいといわれたのだが、二ヵ月弱で平均を上まわっていた。

「これからは一週間で平均二百グラム前後増えるので、このまま行くと、そうですね、予定日はいつでしたか？」主治医の杉本先生が訊ねた。

「三月一日です」

「三千五百グラムは超える計算になりますね」

「大きいと難産になるんでしょうか」

「まぁ、そういう場合が多いですね。早く生んだほうがいいかもしれませんね」

「陣痛促進剤は使いたくないんですけど」

「日赤では、基本的に使わない方針です」

「じゃあ、どうしたら早く生まれるんでしょうか」

「歩くとか、軽くからだを動かすといいかもしれません」

運動も減量と同様に自分ひとりではできないということがわかっていた。太り過ぎて、部屋のなかをのろのろと歩くことすらしんどいのだ。

十二月二十四日、たったひとりで過ごすはじめてのクリスマスイヴとなった。わたしは、一ヵ月前に通販で購入したクリスマスツリーを椅子の上に置いた。「子どもは喜ぶんじゃないかな」と東はいったが、生まれてくる子どものためではなく、わたしが欲しかったのだ。

友人から贈られたもうひとつのツリーに飾りをつけ豆電球を点灯させてから、通販のツリーの電源を入れた。

ガラスのドームのなかが吹雪《ふぶ》きはじめ、樅《もみ》の木に雪が積もり、サンタクロースを乗せたソリを引いてトナカイが樅の木のまわりをまわった。クリスマスの讃美歌のオルゴールが部屋中に響いた。

わたしが中学、高校時代を過ごした横浜共立学園はミッションスクールだった。毎朝礼拝があり、クリスマス礼拝は何ヵ月も前から全校生で、ソプラノ、アルト、テノールの三パートに分かれて、「ハレルヤ・コーラス」と「アーメン・コーラス」の練習をさせられた。

オルゴールの讃美歌メドレーだったのだが、どの歌の歌詞も憶《おぼ》えていた。

共立の校歌の原曲「樅の木」が流れた。

「雲かとまごう　花の園生《そのお》　かさねし春をかぞえまほし」

高校一年で退学処分になって、十五年が過ぎた。わたしはフローリングの床に座って、泣いた。妊娠中、わたしは三十一年間の人生のなかでいちばん泣いた。ホルモンのバランスが崩れているせいなのか、子どもの父親である彼に棄《す》てられたせいなのか、東の癌の進行が止まらないせいなのか——、オルゴールは鳴りやまず、発泡スチロールの雪は降りやまず、わたしは泣きやむことができなかった。

イヴの夜、泣き疲れて横たわり、聖書をひらいた。鉛筆で線を引いてある箇所に目が止まった。

人は死んでしまえば
もう生きなくてもよいのです

この言葉が頭のなかで何回転かして、余震のような眠気に揺さぶられたとき、胎児が思い切り腹を蹴《け》った。十ヵ月に入るころには胎児が下に下りて、骨盤のなかに頭が固定されるので胎動がすくなくなると聞いていたのだが、わたしの子はもがき苦しんでいるかのように手足を激しくばたつかせた。

十二月二十九日、二週間ほど前、彼に出した手紙の返事が届いた。

いよいよいつ生まれるかわからない状態なので、毎月五万の養育費の支払い方法、そして誓約書には書いてもらわなかったものの、九月四日、別れる直前に口頭で交わした三つの約束を確認したかった。子どもに命名する。どんな状況になろうと一ヵ月に一度子どもには逢《あ》う。わたしが彼より早く死亡し、わたしの家族が養育を拒否した場合、子どもを引き取って育てる、ぜったいに孤児院にやるようなことはしない。というのが彼とわたしとの約束だった。

手紙の文面は短かった。

養育費に関しては、子ども名義の口座をひらき、成人するまで毎月五万円入金する。名前は、自分なりに三つほど考えて一月十日までに送るので、ふさわしいと思うものを選択してもらいたい、どれも気に入らないのであればべつの名前をつけてほしい。しかし子どもに逢う件に関しては、ある程度の年齢になり、自分の意思で逢いたいといえば、子どもの気持ちにはできるだけ応《こた》えたい、と月一回の面会の約束は無視したも同然で、わたしの死後、子どもを引き取るという約束については触れられてもいなかった。

一読して声も出せないほど弱り果てた。わたしはなにかに逼迫《ひっぱく》すると、痛苦が麻痺《まひ》するのならドラッグでもなんでも使いたい、とすぐに死のイメージを思い浮かべてしまう、まともな人間からすると胸糞《むなくそ》悪くなるにちがいない甘えの世界に、からだの芯《しん》を簡単に傾斜させてしまう性癖を持っている。

ずっと前に、歳《とし》を取った友人から、沖縄で破産した競馬評論家が海を眺めているのを見た、と聞かされたことがある。なんでも競馬関係の事業の拡大に失敗して姿を消し、世を騒がせたひとらしいのだ。友人が目撃した一週間後に、たしかMという姓だったその男性は自殺したそうだ。

友人は訃報《ふほう》に接してまず、やっぱり、と思ったという。

「厳しい、だれも寄せつけようとしない厳しい姿だった。考えに考えた上で死を決意したひとの姿は、ほんとうに厳しかった」と友人の眼差《まなざ》しは遠くなった。

あるとき、わたしの母は東由多加にこういった。

「妊娠をはじめて知ったとき、これで美里は簡単には死ねない、ザマアミロ！　と思ったんですよ。なにも初孫ができたのがうれしくて歩道橋の上で万歳したわけじゃないんです。娘が十四、五歳のころから、いつ自殺するか、いつ自殺するかって思いつづけてきた母親の辛《つら》さがわかりますか？」母の顔は泣き笑いで崩れていた。

そんな風に考えていたのか――、意表を衝《つ》かれたというより、死なれたら困る、死なないでほしい、という気持ちを十五年以上抱きつづけていたことにショックを受けた。母と暮らしていた十四、五のころ、「死んじまえ！」「殺してやる！」という言葉を何度叩《たた》きつけられたことか。包丁で刺されかけたこともあったし、深夜、海を見に行こうと車に乗せられ、埠頭《ふとう》から突き飛ばされそうになったこともあった。

「あんたは生きててもひとさまに迷惑をかけるばかりだから、ママといっしょに死のう。ママはあんたをお腹から出したんだから責任を取らなきゃならないのよ」

そういわれるたびに、わたしは母の顔をにらみつけた。

「どうしてあなたといっしょに死ななきゃならないの？　死ぬときはひとりで死ぬ

よ」

一九九九年十二月三十一日。二〇〇〇年のカウントダウンをテレビで観《み》てから、東由多加に電話をした。

「ハロー」北村易子さんが出て、東に代わってくれた。

「もしもし？」東の声には力がなかった。

「具合悪いの？」

「まぁ、よくはないだろうね」

「どんな風に？」

「一日中眠って、なにもやる気が起きない」

「食べてないんだ」

「そうだね」

「こっちはさっき二〇〇〇年になったよ。そっちはまだ大晦日《おおみそか》でしょ。テレビで観たけど、ニューヨークはミレニアムで大騒ぎみたいだね」

「にぎやかなのはタイムズスクエアのあたりだけで、こっちはひと気がない」

「ふぅん……具合悪そうだから、眠ったら？」

「うん」

「じゃあ、切るね」

わたしは電話を切った。

東は一月八日に帰国する予定だった。

ニューヨークで目覚ましい治療効果があったわけではないが、室先生の尽力でがんセンターでもスローン・ケタリングと同じ療法でタキソールを投与できることになったのだ。

昨年九月に、もし5－FUとシスプラチンの効果がなければ治療は打ち切られるといわれたことを思い返せば、大進歩といってもいいだろう。『患者よ、がんと闘うな』で有名な近藤誠氏は、抗癌《こうがん》剤はある種の癌、それもせいぜい一割程度にしか効果がないと断言して憚《はばか》らないが、この考えは完全な間違いである。わたしは癌治療における〝統計〟は、なんの意味もないと考えている。抗癌剤は、ある患者には、根治ではなく、目標を達成したという意味において百パーセントの効果があり、またある患者にはまったく効かないのだ。従って統計的に二十パーセントの効果があったと数字を出すことに意味があるとは思えない。つまり大幅な個人差があり、動かし難い事実として、余命半年と宣告された患者が、抗癌剤の投与によって二年、三年延命したという例は存在するのである。近藤氏は、抗癌剤の効果かどうか実証するのは不可能といいたいのだろうが、抗癌剤、補助栄養剤、漢方薬などによって、患者本人が効果を実感しているのであれば、柔道のように「有効！」とか「効果！」としてなにが悪かろう。「患者が求める限り、最後まであらゆる手を尽くします」というスローン・ケタリングのケルセン先生の言葉を、「金儲《もう》け医療にほかならない」と見做《みな》すひとが医師のなかにも存在するようだが、ここまでくると倫理の問題を超えて、医師の品性が問われてくる。

ああ、それにしても、俵万智《たわらまち》さんのように短歌を作れたら、どんなにいいだろう。こんなときに詠《よ》めたら、深い安息を得られるかもしれない。わたしは短歌や俳句を書けないことを悔やみながら、新年の朝の光のなかで眠りに就いた。

二〇〇〇年一月一日、十年来の友人である作家の町田康《こう》さんと敦子《あつこ》夫人に招かれ、タクシーで元旦《がんたん》の夕暮れの街を走った。わたしは滅多に他人の家にあがることはないのだが、互いに小説を書きはじめる以前からのつきあいなので、練馬の家も、国分寺の家も、現在の家も訪ねている。

部屋のドアを開けた途端、食べ物の匂《にお》いがして、胃がぎゅっと縮みあがった。東が渡米してから一ヵ月間コーンフレークやスナック菓子やハンバーガーぐらいしか食べていなかったからだ。

「編集者のひとたちにはないしょにしておいてくださいね。柳さんにカロリーが高いものを食べさせちゃだめだっていわれてるから」と敦子さんはつぎつぎと正月の料理をテーブルに並べた。

黒豆、膾《なます》、鮭昆布巻《さけこんぶまき》、八幡巻《やわたまき》、焼鰤《やきぶり》、伊達巻《だてまき》、蒲鉾《かまぼこ》、人参《にんじん》と葱《ねぎ》と椎茸《しいたけ》と筍《たけのこ》と鶏肉《とりにく》と芹《せり》と三つ葉と生麩《なまふ》が入った本格的な雑煮《ぞうに》、牛肉照焼、鶏肉団子、出汁巻《だしまき》玉子、筑前煮《ちくぜんに》、牛肉たたき、サラダ、海老《えび》と貝柱の炒《いた》め物――、箸《はし》を伸ばし口に運んでいるうちに、ささくれだった気持ちが慰撫《いぶ》されていった。

敦子さんは、棄てられた仔猫《こねこ》に魚を丸ごと一匹与え、一心不乱に食べている様子を眺めているような面持ちだった。

「柳さん、子どもが生まれたら、どうするんですか?」敦子さんはわたしと目を合わせた。

十年前に東と暮らしていたころ、「敦子さんってどんなひと?」と東に訊《き》かれ、「スフィンクスのようなひと」と答えた憶えがあるが、謎《なぞ》をかけ、解けなかったら罰を与えそうな気高い雰囲気は逢ったときから変わらず、敦子さんから質問されると、いまでも緊張が走る。

「どうするというのは？」

「ひとりじゃ無理ですよ。産後はほとんど寝たきりなんだし」

「なんだか、リアリティがなくって」

「リアリティがなくても、今月末か来月頭には生まれるんですよ」

目の奥の魂の底まで覗《のぞ》き込まれたように感じ、目を逸《そ》らしたいと思った瞬間、敦子さんが謎めいた笑みで口もとをほころばせた。

「考えないようにしてるんです。考えると、不安がどっと押し寄せてきて、すべてが破綻《はたん》しそうだから」わたしは自分の眼差しが頼りなげに揺らぐのを感じた。

それから御汁粉を食べ、磯部焼《いそべや》きを食べ、ミルクティーを飲みながらチョコレートケーキを食べ、イチゴをつまむ合間におしゃべりをし、二匹の猫のゆったりとした動きを眺めているうちに眠くなった。話は尽きなかったが、腕時計を見ると、午前二時だったので町田宅をあとにした。

自宅に戻ったわたしは、「今月末か来月頭には生まれるんですよ」という敦子さんの言葉に急《せ》かされて、『ダ・ヴィンチ』の細井ミエさんに集めてもらった保育園の資料に目を通した。生後五十七日から小学校入学まで預かってくれるのだが、ゼロ歳児の定員はどこも十人前後なので競争率が高いのだ。「保育所入所申込書」「家庭現況届」「確認票」に記入し、「保育ができない状況を証明する書類（両親分）」と「税額を証明する書類」を取り寄せなければならない。

1 〈家庭外労働〉保護者が家庭の外で仕事をしている。
2 〈家庭内労働〉保護者が家庭で児童と離れて日常の家事以外の仕事をしている。
3 〈母親の出産等〉保護者が出産の前後、病気、負傷、心身に障害がある。
4 〈看護・介護等〉保護者がその家庭に長期にわたる病人や、心身に障害のある人がいるためその看護・介護にあたっている。
5 〈家庭の災害〉火災・風水害・地震などにより住居を失いまたは破損したため、その復旧の間。

わたしの場合、2に入るのだろうが、確定申告書の写しを提出しなければならないので、はねられる可能性が高い。収入が多いのだから、ベビーシッターを雇えばいいじゃないかと思われるのだろう。しかし、この収入は旅館やホテルに何ヵ月も缶詰になり、部屋から一歩も出ず、だれとも口をきかずに書きつづけた結果なのだ。外に出掛ける仕事ではないものの、精神を現実から引き剝《は》がさなければ書くことはできない。ベビーシッターに部屋のなかをうろつかれたら集中できないし、赤ん坊の存在自体を意識から追い出さなければ小説は書けない。

——赤ん坊が生まれたら書けなくなるかもしれない。新しい小説を書きはじめるたびに、もう書けないのではないか、ほんとうに書きたいのだろうか、もう書き尽くしたのではないかと不安になり、一行書き進めるたびに自分の才能のなさに打ちのめされるのだが、今回の不安はそういうレベルのものではない。現実が重過ぎて、空想の世界に羽ばたくことができない、というより羽《はね》をもぎ取られてしまったように感じるのだ。現実から浮きあがることができなければ、現実から足を滑らせて転落するしかない。

わたしは、ニューヨークの東に電話して、保育園に預けるしかないのでは、と相談した。

「あなたがいうように現実的な選択ではあるんだろうね、でも、やめたほうがいいよ。三歳までの記憶というのはほぼ残らない。だけど、その時期、母親、母親じゃなかったら、お祖母《ばあ》さんでも叔母《おば》さんでもいいんだけれど、特定の相手に愛着を持てるかどうかで、その子の性格が決まる。そのときは楽でも、その子が成長していくに従って大きなツケがまわってくるよ。それに審査で落ちるんじゃないかな」

「でも母子家庭だし」

「何時から何時まで預かってくれるの？」

「午前七時半から午後六時半まで」

「送り迎えのことを考えてみなさいよ」

東のいう通り、わたしのように不規則な生活を送っている者に、毎日午前六時半に起きて子どもを保育園に連れて行き、午後六時半に引き取りに行くことなどできそうにないし、運転免許を持っていないので、タクシーで送り迎えするということになるのだろうが、渋滞や雨のときのこと、往復に要する時間と料金を考えると、絶望的な気分になってくる。

「まぁ、おれはだめだと思うけど、書類だけ提出しておいて、万が一審査に通ったら再考するということにしたら？」

わたしは電話を切り、風呂《ふろ》に入った。湯に顎《あご》まで浸《つ》かって、自分の腹を見下ろしたとき、わたしの視線を跳《は》ね返すかのように、蹴《け》った。臍《へそ》の上あたりが足のかたちに突き出て、てのひらで押さえると、胎児はからだ全体で一回転した。

風呂からあがって、電気を消して横になったものの、部屋の闇《やみ》がのしかかり左右の壁が狭まってくるように感じて起きあがり、ガウンを羽織って外を眺めた。ガラス戸の向こうの夜まで、わたしを閉じ込めようとするかのように迫ってくる。外を歩こうか、三十分ぐらい歩いたら気が鎮《しず》まって眠れるかもしれない、そう思って厚手のセーターに片腕を通したのだが、思い直してワープロの前に座り、子どもの父親である彼に手紙を書いた。

子どもを媒介にして逢《あ》うつもりはない。わたしと彼との関係は、どこに破片が飛んだのかわからないほど粉々に砕け散った。妊娠したことで罅《ひび》が入ったのだから、子どもの誕生で関係を修復できるはずがないし、子は鎹《かすがい》という言葉がインチキだということは、幼いころから知っていた。わたしの父と母は四人も子どもを生んで十二年間にわたって生活をともにしたが、別れ、いまは互いに顔も見たくないという間柄になっている。

わたしと彼との物語は終わった。しかし子どもが産声《うぶごえ》をあげた瞬間から、わたしは母子の物語をはじめなければならないし、と同時に彼と子どもの父子の物語もはじまるのだ。たった月に一日、肩車をして動物園や遊園地に連れて行ってやったり、キャッチボールの相手をしてやったり、海やプールで泳ぎを教えてやったりして父親の役を演じることが、そんなに負担だろうか。

いまでも、小学校では「父親参観」という行事があるのだろうか。参観日は「父の日」の前後だったと記憶している。その日のために、「お父さんの顔」を描かされ、「お父さん、ありがとう」というテーマで作文を書かされた。生まれてくる男の子は白い画用紙を前にして困惑し、まったくの空想で原稿用紙を埋めなければならないのだろうか。

「最善を希《のぞ》み、最悪に備えよ」というロシアの格言があるが、わたしには最善を希むことは許されていない。最悪に備えたいだけなのだ。

「いっしょに子どもを育てることはできないし、妻に悪いのであなたには逢えないけれど、月に一度、子どもと過ごす時間はたいせつにする。もしも、あなたが先に死ぬようなことがあったら、責任をもって成人するまで育てる」と彼が約束を守ってさえくれるなら、怒りや恨みは氷解し、穏やかな気持ちで出産に臨めるのに――。

一月八日、二時五十五分、東由多加が帰国する。

ほんとうは成田まで迎えに行きたかったのだが、「臨月なのに、なに考えてるの?」と東に反対され、『週刊ポスト』の飯田昌宏さんに迎えに行ってもらった。

夕方、六時に玄関のブザーが鳴り、ドアを開けると、ニューヨークで東の世話をしてくれた〈東京キッドブラザース〉の北村易子さんと大塚晶子さんが、「帰ってきました」と微笑《ほほえ》み、飯田さんが東のトランクを運び入れてくれた。三人は部屋にはあがらず、毛糸の帽子をかぶった東だけがはにかんだような表情で靴を脱いだ。

ほぼ毎日電話していたので、一ヵ月ぶりだという感じはしなかったが、日本茶を淹《い》れ、リビングのテーブルに座って顔を合わせた途端に、泣きたいほどの安堵感《あんどかん》が押し寄せてきた。黙ってお茶を啜《すす》っているうちに、ガラス窓から見える薄雲が残照で染まり、夕映えが部屋のなかにまで差し込んできた。

「毛は全部抜けちゃったの？」わたしは冗談めかして訊いた。

「全部じゃないけど、まだまだ抜けるよ」東は咳《せ》き込んだ。

「帽子、脱いだら？」

「いやだ」と東が帽子からはみ出した髪の毛を引っ張ると、房のまま抜けた。

「あんまり抜かないほうがいいんじゃない？」

「どうせ抜けるんだから、ちょっとずつあちこちにばら撒《ま》くより、抜いたほうがいいでしょう」東は咳き込んで立ちあがり、自分の部屋で煙草《たばこ》を吸って戻ってきた。

「からだの調子はどうなの？」今度は東が訊いた。

「このまま予定日までお腹《なか》のなかに置いておくと、確実に三千五百グラムは超えるみたい。大きいと難産になるから、早く生んだほうがいいっていわれた」

「どうしたら早く生まれるの？」

「歩けっていわれた」

　東は背中を丸めて咳き込み、からだを前後に揺すった。

　わたしは堪《こら》え切れずに訊いた。

「肺の癌が悪化したのかな？」

「どうだろうね」と東は首を傾《かし》げ、「歩かないとだめじゃない」と話題を引き戻した。

「でも外は寒いし、部屋のなかを歩くだけでぜいぜいするし」

「跳ねたら？」

「跳ねるのは子どもによくないよ」

「じゃあ、しこでも踏んだら？」東は咳き込みながら笑い、てのひらで胸を押さえようとして、肩の痛みに顔を歪《ゆが》めた。

　数日後に東が注文したウォーキングマシーンが届いたとき、東の気持ちがうれしくて泣きそうになったが、試しに歩いてみたら一分で息が切れ、結局一度も使わないまま物干しと化してしまった。

　東はスローン・ケタリングの「ウイークリータキソール」という週一回の通院で二時間タキソールを投与する方法で、〈国立がんセンター中央病院〉で抗癌《こうがん》剤治療を続行した。臨月のわたしの代わりに北村さんと大塚さんが送り迎えと付き添いをやってくれた。東はタキソールの副作用で食欲が落ち、一日の大半をベッドの上で過ごし、眠りつづけた。明け方、となりの部屋から激しい咳《せき》が聞こえるたびに、不安が背中いっぱいにひろがり手足が硬直した。

一月九日、彼から返事が届いた。

（前略）子供のことは父親として責任を果たさなければならないと考えています。名前については、私なりに考えたものを送ります。貴女《あなた》が気に入るかどうか不安ですが、子供が前向きに生きられるような明るい名前を考えましたので、検討してみて下さい。

子供に会う件ですが、貴女が言っていることは理解しています。ただ、貴女が言うように子供の首が座ったころ（当然まだ何も分からない年ですが）から、一ヵ月に一度ずつ会うことが「子供にとって」本当に必要なことでしょうか。

私自身、決して、子供に会いたくない、と言っているわけではありません。子供が物心つく3～4歳になって、「父親に会いたい」と思うのであれば、できるだけ定期的に会いたいと思います。

それは一ヵ月に一度というような形式的な決め事としてではなく、年に何回程度は最低でも会うことにして、後は子供の状況などの必要に応じて回数なりを増やすというような形が良いと思います。

貴女はきれいごとと思うかもしれませんが、学校のこと、友達のこと、恋愛のこと、就職のことなどで子供の相談相手になれるよう努力していくつもりです。ずっと色々と考えた結果なのですが、子供が生まれたら、一度は子供に会いたいと思います。かつて私が言っていたことと矛盾しますが、父親の責任ということを自覚するためにもそうすべきだと思うようになりました。会わせてもらえるなら、面会の時期などについてはまた連絡を下さい。


九月頭に別れて以来、はじめてもらった思いやりが感じられる言葉だった。しかし、なぜ、三歳以前の子どもに逢うことを頑《かたく》なに拒絶するのだろうか。彼は〈当然まだ何も分からない年〉と断じているが、ものごころつく以前だからこそ、親に求められているか否《いな》か、愛されているか否か、護《まも》られているか否かを敏感に察知し、東のいうように、その後の性格を決定づける大切な三年間なのだ。

それに三歳ぐらいの子どもというのはひと見知りが激しく、知らない大人を怖がってあとずさったり泣きわめいたりする。三歳になったときに「お父さんに逢いたい」と思わせるためには、それ以前にしっかりとした父子関係を築いておかなければならないということが、彼にはわからないのだろうか。

彼が考えた名前は五つだった。

●陽太（ようた）＝太陽のように明るく、強くという希望を込めて考えました。
●陽和（はるかず）＝明るく、穏やかに、春のように暖かい気持ちの人になって欲しいという意味です。
※【陽和】ヨウワ＝のどかな春の気候。
●陽光（たかみつ）＝日の光、太陽のように明るく、人を暖かい気持ちにさせるようになって欲しいという願いです。
●陽輝（たかき）＝太陽が輝くように明るく、強く生きて欲しいという意味です。
●陽洋（たかひろ）＝太陽の強さ、大洋の広さや包容力を持つように育って欲しいという気持ちです。

離れて生きる父子の絆《きずな》として、なるべくなら、この五つのなかから命名したかったのだが、年末に買った姓名学の本で調べてみると、どれもよいとはいえない。

わたしは高麗《こま》神社の禰宜《ねぎ》、高麗文康さんにファックスした。西武池袋線高麗駅から徒歩三十五分の場所にある高麗神社は、高句麗《こうくり》滅亡のとき難を逃れて海を渡ってきた高句麗の王族若光《じゃっこう》の霊を祀《まつ》り、その子孫が代々宮司《ぐうじ》をつとめている。高麗文康さんはなんと六十代目で、夫人は六十一代目の男の子を身ごもっていて、不思議な縁で予定日はわたしと同じ二月一日だった。

高麗文康さんから返信が届いた。

お子様の名前ですが、私の知る判断の限りでは、どれも一長一短といった所です。「陽」の下に来る字を変えて見る方が良いように思いました。そこで勝手とは思いましたが、私なりに良い字を見つけてみました。
「陽」を「はる」と読むなら、
喜（き）　貴（き）　暁（とし）　富（とみ）　恵（しげ）　滋（しげ）　敬（のり）　晴（なり）
「陽」を「たか」と読むなら、

喜（き・はる）　貴（き）　温（みつ・はる）　恵（しげ）　滋（しげ）　雄（かつ）　勝（かつ）

わたしは東にそのファックスを見せて、「どれがいいだろう？」と訊《き》いた。

東はてのひらを額に当てて、文字をひとつひとつ凝視し、「暁」と「晴」に丸をつけた。

柳陽暁《やなぎはるとし》。柳陽晴《はるなり》。何度も紙に書き、声に出してみた。柳陽暁に決めようと思って、ふとわたしの死後、彼が子どもを引き取る可能性を考えてみた。彼のA姓に変わった途端に運勢が悪くなるようでは可哀相《かわいそう》だ。

わたしは再度高麗文康さんにファックスした。

翌日返事が届いた。

まさか「A姓」までお考えとは……。でも親となれば〝もしも〟の事まで考えるのは当然ですね。しかし二つの姓に共通して吉名になるのは、やはり難しいものです。

お選びになった陽暁ですが、「A姓」にしても、ほぼ良い（柳姓は完璧《かんぺき》に良い）

のですが、一つ気にかかるのは、それぞれの文字の画数による陰陽《おんみょう》（奇数は陽、偶数は陰）配列が不調和で凶相になってしまう事でした。〃陽〃という字を必ず使うという前提に立って〃陽〃の字を一つ下げ、奇数の文字で総画数が吉数となる文字を上に入れてみようと思いました。その結果、三画の文字ならA姓、柳姓共に陰陽配列に問題がなく、総画も「大吉」であることがわかり、その中で、それぞれの文字の持つ五行に凶相が出ない様にする為《ため》に、ア行、ヤ行、ワ行、ハ行、マ行の読み方を避け、文字を選んでみました。

その字は次の通りです。

之陽（のぶはる）　与陽（ともはる）　丈陽（たけはる）

この名前で悔しいのは、柳姓より、A姓の方がより吉相になってしまう事です。

与陽《ともはる》か丈陽《たけはる》だな、と思って、「丈」という字を辞書で引いてみた。「ある限り。全部」という意味があり、「思いの――を打ち明ける」という例文が出ていた。わたしは「丈陽に決めました。どうもありがとうございました」と高麗さんにファックスを送った。

ちょうどその夜、母からファックスが届いた。

体の調子はどうですか。予定日がいよいよ近づいてきましたが、用意は遺漏《いろう》なくできているでしょうか。当日は、私が付き添いたいと思いますので、動きが有る時はすばやく知らせて下さい。名前の候補　宇龍《うりゅう》。

母に名前が決まったことを告げれば、きっと口を挟まれる。わたしは母には返信をしないで、彼に手紙を書くためにワープロの電源を入れた。

子どもの名前、高麗神社とやりとりした結果、丈陽（たけはる）に決めました。「丈」には「思いの丈を打ち明ける」というように、「ある限り。全部」という意味があり、「陽」は太陽の「陽」ですから、「太陽のように、自分のすべて（あらん限り）で周囲を明るく、あたたかくしてほしい」という意味で、あなたの考えた名前の意味と同じで、「陽」＝「はる」という読み方も生かしました。姓名学的にも吉です。

陽の光は明るくあたたかいだけではなく、ときに容赦なく降り注いで、生物を死に至らしめる恐ろしい存在であることと、やがて周囲の星を焼き尽くし、光を失った小さな天体となって生涯を閉じる太陽の運命が頭を過《よ》ぎったが、「丈陽」そう呼んで、わたしはお腹《なか》を撫《な》でてみた。目を閉じると、陽光の条《すじ》のように、真《ま》っ直《す》ぐに立つ男の子の背中が見えた気がした。

夢のなかから悲鳴がせりあがってきた。手が触れている、彼の頬に。わたしの手は彼の両耳を覆《おお》ってから、髪のなかに入って行く。わたしのからだは彼のからだの上にある。わたしが彼を押さえつけているはずなのに、もがき苦しんでいるのはわたしのほうで、彼は静かに瞼《まぶた》と唇を閉じている。死んでいるのかもしれない、と思う。だれかに後頭部を押され、わたしはその力に抗《あらが》いながら、抗い切れずに彼の唇に唇を近づける。唇が重なったとき彼がカラオケでよく唄《うた》っていた柳ジョージの古い歌が鳴り響いた。「派手な化粧　振り撒《ま》くオーデ・コロン　自慢の胸のペンダント　俺の髪を撫でまわしながら　開けて見せた写真」だんだんと大きくなり、鼓膜が破れるのではないかというほどになって、音からも彼のからだからも逃れたくて全力を振り絞ったが、唇を引き剝《は》がすことはできない。

絶叫して、目を醒《さ》ました。瞬《まばた》きをくりかえしたが、網膜には彼の顔が焼きついたままで、耳にはまだ彼の声が響いていた。彼の存在はどんなに締め出そうとしても意識の底に重く沈み、夢に浮かびあがっては、わたしの精神を消耗《しょうもう》させた。

東がドアを開けた。

「だいじょうぶ？　すごい叫び声だったけど」

「だいじょうぶ。いま、何時？」体中ぐっしょりと汗をかき、下腹部が緊張していた。

「二時過ぎ」

「仕事しないと」

わたしはからだを起こして、東に訊《たず》ねた。

「なんか食べる？」

「いや、吐きそうだから」

東は抗癌剤の副作用に苦しんでいた。昨年七月から四クール投与した5－FUとシスプラチンのときは日常生活を営めないほどの副作用は現れなかったのだが、スローン・ケタリングで投与しはじめ、がんセンターで投与しつづけているタキソールは脱毛のみならず、全身のだるさと吐き気が激しかった。東が点滴で繫《つな》がれるのはいやだ、というので入院はしなかったものの、一日のうちでベッドから起きあがっているのは二、三時間しかなかった。腋《わき》の下と首の付け根のリンパ節に転移した癌《がん》の増大のため、左腕を肘《ひじ》から上にあげることができなくなり、痛みで寝返りも打てず、睡眠薬を何錠飲んでも眠れないという夜もあった。

「イチゴミルク、どう?」

「あなたは、それればっかりだね」東は笑った。

「だって、栄養あるでしょう」

「じゃあ、もらおうか。すこしね。あなたはなんでもいっぱい持ってくるから、見るだけで食べる気が失《う》せる。でも、あなたのほうこそ食べたほうがいいんじゃない?」

「うん、でも、太り過ぎだし」

「コンビニでなんか買ってこようか」

「いいよ。わたしはコーンフレーク食べるから。イチゴミルク作るね」

イチゴを潰《つぶ》し牛乳とハチミツをかけて持って行ったが、東は既に眠っていたので、机の上のライトだけにして電気を消した。帰国してからめっきり食欲が落ち、イチゴミルクや青汁などを部屋に持って行っても申し訳程度に食べるくらいで、翌朝手つかずで残っていることもすくなくなかった。

わたしのほうも臨月に入ってからからだのだるさが増し、一日の大半を横になって過ごすという日々がつづいた。出産までに書けるだけ書いて、産後一ヵ月は書かずに済むようにしたかったので、一日八枚ずつ小説を書くというスケジュールを立てていたのだが、実際は想像を絶するほど体調が悪く一時間以上椅子《いす》に座っていることはできなかった。しかし、現在はまだ書けるだけマシなのかもしれない。わたしは出産を恐れていた。痛み、ではなく、その後の状況が恐ろしかったのだ。東の病状がさらに悪化したらどうなるのだろう、赤ん坊と締切りを抱えて身動きが取れなくなるにちがいない。

リビングにあるファックスを見ると、週刊誌のゲラが届いていた。文章がたるんでいて隙《すき》だらけなので、半分以上書き直さなければならない。ワープロの電源を入れたが、気力が湧《わ》いてこない。キーの上に指を置いたまま放心していると、胎児の父親とわたしの共通の友人である札幌のIさんからファックスが届いた。

Iさんには妊娠がわかった直後から相談に乗ってもらっていて、深夜二時、三時に電話しても〈命の電話〉の相談員のように応じ、感情の揺れが激しいわたしを諌《いさ》め、慰め、励ましてくれた。

〈生むと決めたお子さんが傷つくのは耐えかねます〉〈あなたはただ身体《からだ》を大事に〉

〈ぼくは生まれてくる子供さんの存在が流されすぎていて、いらいらします〉〈ちゃんと寝てね。食べられないのなら、まず寝て。子供が怒るよ〉〈少し歩きなさい。歩かないと筋肉が弱って、骨盤が開かず、死ぬような叫び声が続く長く苦しい出産になるよ。あんまり脅かすと「帝王切開だ」とか言い始めそうだから、このへんでやめます〉〈あなたがまず守らなければならないのは誰?〉と、Iさんはいつもわたしのからだと生まれてくる子どもの存在を心配してくれた。昨年六月から一月までのあいだにIさんから届いたファックスは七十通を超える。

〈出産の準備は整いましたか。私の連れ合いは枕元《まくらもと》にバッグを一つ置いて寝ていた記憶があります。早ければ来週後半(28日ごろかな)あたりから臨戦態勢かな。ご病人もいらっしゃるようですから、誰か手が欲しいところですね。産まれたら写真撮ってあげて下さい。忘れずに〉

わたしは、〈かなり痛いので、もっと早く生まれるかもしれません。これから風呂《ふろ》に入って仕事します〉と返信を打った。

風呂から出て、ワープロの前に座った。一枚書いただけで冷汗が出てきて、敷きっぱなしのマットレスの上に横になった。痛みはおさまったかと思うと、ふたたび襲ってきて、それは弱まるどころか、ますます強くなっていった。もしかしたら、と枕もとに置いてある出産本をひらいて、〈いよいよお産〉という章を読んでみた。妊婦のイラストが三つあって、〈急に冷や汗が出るほどおなかが痛くなったとき〉〈月経のような多量の出血があったとき〉〈破水したとき〉はすぐに入院しなければならないと書いてある。わたしは痛みを堪《こら》えてトイレに行き、下着を下ろしてみたが出血はない。

東とわたしは出産に向けて話し合っていた。

出産の一、二週間前から子宮が収縮して日に何度かお腹が張ったり軽く痛んだりする〝前陣痛〟がはじまり、この痛みが規則的に起こるようになったら、入院の準備をしなければならない。最初は一時間から三十分置きぐらいで、その間隔が十五分、十分と狭まっていくそうなので、一時間置きになった時点で、東が『週刊ポスト』の飯田さんと『新潮45』の中瀬さんに電話して車を呼んでもらうという段取りを立てていた。

ワープロの前に座って頭から文章を叩《たた》き出そうとしたが、痛みから気を逸《そ》らすことができないので、横になって出産本をめくった。予定日は二月一日、今日は何日なのか、机の上の手帳を取ろうとしたとき、さっきよりも強い痛みがからだを走り抜け、痛みから逃れようとからだを捩《よじ》った。枕もとの時計でつぎの痛みまでの時間を計ってみた。五分。そのつぎの痛みもぴったり五分後にやってきた。上昇中のエレベーターががくんと止まったかのように心臓が脈打った。まさか、いきなり五分間隔で陣痛が起きるなんて本には書いてない。時計から目を逸らさず二十分間横になっていたが、やはり五分間隔で痛みがつづく。わたしは机の上に手を伸ばして、手帳をひらいた。今日は一月十七日だ、予定日より二週間も早い、もしかしたら切迫早産かもしれない、六月と七月に二回切迫流産で入院している、切迫流産をすると切迫早産になりやすいという話を聞いたことがある、どうしよう、とパニックの波が押し寄せ、泣いてしまうのではないかと思ったが、動揺するのはいまいちばんしてはならないことだ、とにかく準備しなければ、と気持ちを落ち着かせた。用意しておいたボストンバッグと紙袋をウォークインクロゼットのなかから引っ張り出し玄関に持って行ったとき、痛みが忍び寄ってきて、わたしはバッグの紐《ひも》をつかんだまま蹲《うずくま》った。これはきっと陣痛だ、陣痛じゃなくても病院に行ったほうがいい。わたしは痛みがおさまるまで靴入れに寄りかかって深く呼吸をすることに専念し、痛みが弱まった隙に立ちあがり、入院準備のリストに目を走らせた。必要なものは一昨年出産した『ダ・ヴィンチ』の細井さんに送ってもらってボストンバッグに入れてあるのだが、石鹸《せっけん》やシャンプーなどは風呂場に置いたままだし、母子手帳と保険証はショルダーバッグのなかだ。書きかけの原稿をプリントアウトして、病院はワープロ禁止だから原稿用紙と筆記用具も入れなければ、それに退院時に必要なベビー服は包装を破かないまま押し入れのなかに突っ込んである。わたしは五分置きに蹲りながら部屋のなかを行ったりきたりしていたのだが、激しさを増した痛みに堪《た》えられなくなって、フローリングの上に倒れ、呻《うめ》き声をあげた。

「どうしたの？」東が起きてきた。

「予定日の二週間前だから、たぶん違うと思うけど、もしかしたら生まれるかもしれない。痛いッ」深呼吸をして、痛みを吐き出そうとしたが、うまくいかない。

「違ったら、戻ってくればいいんだから、病院に行って診てもらったほうがいい」

「電話してみる」

わたしは日赤に電話して状態を説明した。出血の有無を訊《き》かれ、ないといったら、助産婦はしばらく考えてから、「違うと思いますけど、不安でしたら、きてみてください」と判断をこちらに預けた。

電話を切ったわたしは、東の顔を無言で見た。

「行こう。その痛みは尋常《じんじょう》じゃないよ」東は断固とした口調でいった。

飯田さんと中瀬さんに電話したが、ふたりとも留守だった。

東は着替えはじめた。

「いいよ、ひとりでタクシー拾って行くから」

「その荷物、どうやってひとりで持つの？　行くよ」

「いいよ、寝てなよ」といった瞬間、また痛みが襲ってきて、わたしはうしろによろめき、からだを支えるものを求めて手探りした。なにも見つからない。バランスを失い、膝《ひざ》が曲がった。心音がドキンドキンと鼓膜を突きあげる。

「待ってて、タクシーつかまえてくるから」

「まだ、荷物揃《そろ》ってない」

「あとで持って行くよ。とにかく早く病院に行かないと」

東は黒いボストンバッグを持って外に出た。

わたしは着替えて、ワープロのなかに入っている書きかけの原稿をプリントアウトしてから、紙袋を持って外に出た。

エレベーターのなかで痛みに揺さぶられ、紙袋を枕にして一階エントランスの床に横になった。数十秒後に痛みが去ったので、外に出ると、雨が降っていた。東の姿が見えない。信号が青になって赤になり、また青に変わったが車は一台も通らない。わたしは雨に濡《ぬ》れた階段の上にへたり込んだ。タクシーがつかまらなかったらどうしよう、紙袋が破けたらどうしよう、東が風邪をひいたらどうしよう、ここで生まれてしまったらどうしよう、どうしよう、どうしよう、雨がわたしのパニックに拍車をかけた。

一台のタクシーが止まり、ドアが開いて東が飛び出てきた。

わたしは後部座席に横たわり、東が助手席に座って、「広尾の日赤までお願いします」としっかりした口調で行き先を告げた。

タクシーのなかで東に痛みの間隔を計ってもらうと、五分間隔が三分間隔に狭まっていた。

救急受付に着くと、車椅子で産科病棟三階に運ばれ、診察台で助産婦に内診してもらった。

「子宮口が五センチひらいてます」

「こういう状態で、陣痛がおさまって、家に帰って、二月一日ごろ、また陣痛がはじまる、そういう可能性は？」痛みで言葉がぶつ切れになった。

「それはありませんね。子宮口がひらいてるから、このまま出産です。寝巻きに着替えて、分娩《ぶんべん》予備室のほうへ行きましょう」助産婦はわたしを安心させようと微笑《ほほえ》んで、腹を撫《な》でた。

車椅子に乗せられたわたしは廊下の長椅子で待っていた東に、「このまま出産だってよ」といった。

分娩予備室は、細長い小さな部屋だった。

「もう帰っていいよ。からだきついでしょう」

「だいじょうぶ」

「帰って、眠りなよ」

「だいじょうぶだって。飯田さんと中瀬さんに連絡してくる」

東が席を立ったときに、助産婦がやってきた。

助産婦は母子手帳を見ながら訊いた。

「いま付き添われていたかたが赤ちゃんのお父さんですか？」

「いえ、違います」わたしは数秒考えて、「家族です」といった。

「赤ちゃんの父親は、このAさんってひとですよね。連絡しましょうか？」

「いえ。彼は結婚していて、わたしは妻ではないんです。昨年の九月に別れてしまったし、この時間はたぶん眠っていると思うので」

「認知は？」

「胎児認知してくれてます」

「父親だってことを認めてるなら、自分の子どもが生まれるんですから、連絡したほうがいいんじゃないですか?」助産婦は用紙に記入しながら、わたしの顔を見ずに訊いた。

「いえ、生まれたら、わたしから連絡します」

「養育費はもらえるんですか?」

こんなときにこんな話をしたくはなかった。ちょうどいいタイミングで陣痛がやってきた。「痛いッ」とわたしが背中を反《そ》らしたので、助産婦は膝を折って、腰をさすってくれた。助産婦が話しはじめないうちに話題を逸らさなければならない。

「付き添ってくれているひと、癌《がん》なんです。生まれるまでベッドかどこかに横にならせてあげてくれませんか?」

「付き添いのかたのベッドというのは分娩室にはないんですよ」助産婦は気の毒そうにいった。

「どのくらいで生まれるんですか?」

「そうですね、初産《ういざん》の場合、平均十二、三時間だから、夕方ぐらいかな?」

「え? 夕方までこの痛みがつづくんですか?」

「でも普通は子宮口がひらくまでに何時間もかかるんです。もう五センチひらいてるから、早いかもしれない。午前中に生まれる可能性もありますよ」

東が戻ってきた。

「ねぇ、早くても午前中いっぱいかかるって。ほんとうに帰ったほうがいいよ」

「生まれるまでいますよ」東は背もたれのない丸椅子《いす》に腰を下ろした。

わたしは痛みの波に持って行かれないようにベッドの端を握りしめる指に力を込めた。

「楽になるんだったら、四《よ》つん這《ば》いになってもいいですよ」と助産婦がいった。

東の前で四つん這いになるわけにはいかない、声をあげるのも恥ずかしい、わたしは歯を食い縛り、拳《こぶし》を固め、東に背を向けて痛みを堪えた。

助産婦が寝巻きをまくりあげて分娩監視装置の端子を腹に当てると、力強い鼓動が部屋中に響いた。

「ここ、いま右側に頭があるんですね。心臓も右です。まだ赤ちゃんは横向きなんですよ。柳さんの力だけじゃなくって、赤ちゃんが自分の力でからだを横向きから縦向きに変えて半回転してくれないと生まれないんです。縦向きになると、恥骨の上あたりでも心音が聞こえます。そしたら分娩室に移りましょう」

産前食が運ばれてくる。出産本には出産は力仕事なので陣痛の合間に食事をしたほうがいいと書いてあったが、この痛みにはそんな余裕はない。生まれてから一度も経験したことがない、ほかのことを考えて紛らわせることができない痛みだった。

「こんなの堪えられない。想像してたのの十倍痛い」額から汗が噴き出て、髪が湿っていった。

「まだまだ、二割ぐらいなんじゃないかな？　痛いのはこれからだよ」と東は産前食のパンを千切って口に入れ、牛乳で流し込んだ。

だんだんと増してくる痛みに屈して、東の存在を気にすることさえできなくなり、食い縛った歯の隙間《すきま》から呻き声が洩《も》れ、呻き声が叫び声になった。

「もうだめ！　麻酔！」わたしは拳で壁を叩いた。

東がナースコールのボタンを押した。

「麻酔を打ってあげられないんですか？」

「無痛分娩はやってないんですよ」

「陣痛促進剤！」わたしは叫んだ。

「日赤では基本的に自然分娩なんです。こればっかりはみなさん痛いんですから、我慢してもらうしかないんですよ」

わたしは布団《ふとん》を蹴《け》り飛ばした。あまりの痛みに意識を失ったが、意識を引き戻したのも痛みだった。からだがばらばらに引き裂かれそうな痛み。逃げたい。痛みに壊される前に。でもどこにも逃げられない。助産婦がカイロを腰のあたりに当ててくれたが、両足をばたつかせた拍子にどこかに行ってしまった。担当の助産婦はとても親切なひとで、わたしが叫び声をあげるたびにやってきて、腰を撫で、額の汗を拭《ふ》き、ストローで水を飲ませてくれた。「がんばってください」と助産婦が立ちあがったとき、「行かないで」と腕をつかみそうになったが、スチールベッドの端を握りしめて堪えた。もう言葉を発することはできない。目もひらいていられない。いまごろ、彼は妻と眠っているのだろう、と思った瞬間、負の感情に支配されそうになって、こころの手綱《たづな》をぐいと引き締めた。

助産婦には歯を食い縛らずに力を抜いてゆっくり呼吸するようにいわれたのだが、わたしはてのひらを痛みの源である胎児の頭あたりに置いて、「長引くとふたりとも苦しいから、早く縦になってね、お願いだから早く生まれて」と無言で語りかけてから、思い切り腹筋に力を入れ、歯を食い縛った。目の眩《くら》むような痛みとともに胎児が動いた。縦になった気がする。

「生まれそうッ」わたしは呻いた。

東が助産婦を呼びに行き、助産婦が分娩監視装置を腹に当てた。

「縦になってます。この子はすごく上手《じょうず》、親孝行ですよ。ここまでくるのに、普通は十時間ぐらいかかるんですよ。分娩室に移りましょう」

分娩台の上で下着を脱ぎ、白い足袋《たび》をはめられて足台に両足を固定され、寝巻きを胸の下までまくりあげられた。

「妊娠線のないきれいなお腹《なか》ですね」助産婦がわたしの腹をてのひらで撫でた。

不思議なことに分娩台にあがった途端に陣痛が薄れてしまった。わたしはこのまま陣痛が遠のき、また予備室に戻されて延々十時間近く苦しまなければならないのではと不安になった。

「分娩台の上でどれくらいなんでしょうか」

「まちまちですけど、もう胎嚢《たいのう》が出てますから、一時間以内でいけるかも。見ますか？」

「いえ」と短く答え、分娩台の左右のハンドルを握りしめていきんだ。自分のからだからべつの人間が出かかっているところなど見たくなかったし、とにかく一刻も早く〈妊娠〉から解放されたかった。

「無理していきまないで、痛みの波に乗っていきんでください。赤ちゃんと呼吸を合わせて」

わたしはすぐにまたいきんだ。

「ずっといきみつづけているより、うまく痛みをやり過ごして、力を溜《た》めて一気にいきんだほうがいいんです。でも柳さんも赤ちゃんも上手ですよ」

わたしは呼吸を立て直して何度かいきんだが、息が切れて力を持続することができなかった。しばらく待って、今度は目を開け、天井の一点を凝視して、全身の筋肉に力を入れた。

「そう、その調子、頭が見えてきましたよ」

痛みで、助産婦たちの声が遠のいた。狭いところにつかえているのは子どもも苦しいだろう、痛みを共有しているということに一体感ではなく連帯感を感じた。わたしはこの数週間のことを思い返してみた、それからこの数ヵ月のことを。妊娠中、わたしの精神は揺れつづけ、食生活は最低で、眠れない夜も多かった。父親に祝福されずに生まれ、苦痛で充《み》たされた生を生きなければならないのだから、せめて出産の苦しみだけはすくなくしてやりたい。わたしは痛みを無視していきんだ。いつの間にか主治医の杉本先生が駆けつけていて、「午前中いっぱいはかかると思ってたけど、早いですね」といったが、返事をせずに力を入れつづけ、生むことだけに集中した。

「頭が出てきました。からだを起こして見ますか？」

「見ません」

見なくても頭が出ているのはわかったし、それよりも早く生んでやりたかった。頭はうまく出せたのだが、肩がひっかかっている。産声《うぶごえ》が聞こえない、全身が出ないと産声をあげられないのか、と痛みで痺《しび》れた頭で考え、そんなことを考えている場合ではない、といきんだ。右肩が出て、力を抜かずにつづけていきむと左肩が出て、ぬるっと引っ張り出された瞬間、ふぎゃあ、という頼りなげな産声と、「おめでとうございます。元気な男の子です。二週間も早いのに大きな子ですよ」笑いが籠《こも》った杉本先生の声が足もとから聞こえ、突然からだと意識に鬱積《うっせき》した緊張がほどけた。赤ん坊を見せられたはずなのだが、その映像は記憶に残っていない。

「柳さん、赤ちゃん連れてきましたよ」という助産婦の声で目を開けると、コットベッドが分娩台の横に置かれていた。割烹着《かっぽうぎ》のような予防衣を着た東と飯田さんと中瀬さんが赤ん坊を覗《のぞ》き込んでいる。

わたしは枕《まくら》もとに手を伸ばして、眼鏡をかけた。

「なんか鼻が潰《つぶ》れてるね」わたしは無性に照れ臭かった。

「あなたに似ていないね」と東がいうと、父親の顔を知っている飯田さんと中瀬さんが気まずそうに沈黙した。

「でも、見て、この指、すごく長くて細いでしょ？　指は柳さん似だよ」中瀬さんがいった。

わたしは指を触ってみた。それから全身を確認した。どこにも異状はないようだ。子どもの足にビニールのリングがつけてあり、薄グリーンの紙に〈柳美里　12年1月17日午前9時24分〉と書かれ、わたしの腕にも同じリングがあり、薄オレンジの紙に〈柳美里　12年1月17日午前9時24分　592588〉と書かれていた。しかし、取り違えの心配はない。目鼻立ちや顔の輪郭が父親に酷似していたからだ。

「この子はすごくおとなしいよ。さっき二十分くらい見てたけど、一度も泣かなかった。赤ん坊って普通泣きまくるものでしょ？　安産だったし、母親のたいへんな状況を認識しているのかもしれない」東が赤ん坊から目を逸《そ》らさずにいった。

「帰って、眠りなよ」

「あなたと赤ちゃんが病室に移るのを見届けてからね」と微笑《ほほえ》んだ東の唇には血の気がなかった。

「二時間は動かないほうがいいので、赤ちゃんとお母さんをふたりきりにしてあげましょう。いっしょに眠ってもいいし、授乳してもいいですよ」と助産婦がタオル地の白い産着にくるまれた赤ん坊を分娩《ぶんべん》台の上に乗せてくれた。

わたしたちはふたりきりになった。わたしは薄暗い分娩室で我が子の顔を間近で見詰めた。目が開いていない。頬を指でつついてみると、全身を痙攣《けいれん》させて、薄目を開けた。まだ見えていないのだろうが、見ようとしているかのように瞬《まばた》きした。赤ん坊を抱こうとしたが、ひどい筋肉痛で動くことができない。わたしはおずおずとボタンをはずし、赤ん坊の唇に乳首をふくませた。赤ん坊はピチャピチャと口を動かしたが、うまく吸うことができないようだ。からだの位置が悪くて押し潰してしまいそうなので、わたしは赤ん坊を持ちあげて、頭を左腕に乗せて腕枕した。わたしたちは目を合わせた。わたしが母親、この子が息子、という感動はまったくなかった。しかし妊娠中の不安は消えていた。彼に対する負の感情も失《う》せていた。ただただ赤ん坊のあまりの小ささ、頼りなさに衝撃を受け、語りかけることさえできなかった。

わたしはものごころついたときから、誰かに護《まも》ってほしい、と願っていた。父と母に保護されていると実感したことはなかった。ふたりとも保護しようと努力はしたが、子どもに与えたのは保護ではなく苦難だった。わたしは護ってくれるだれかを捜しつづけた。彼が、一生護る、といったのでその言葉を信じた。しかし、信じたことによって、裏切られた。彼に裏切られたのではなく、護られたいという自分の願いに裏切られたのだ。わたしは護られたい、救われたいという自分の願望に溺《おぼ》れていた。溺れている人間に手を差し伸べるときは、自分も溺れるかもしれないという覚悟が必要だ。

泳ぎ切る自信もないのに手を差し伸べた彼も、ともに溺れて沈むかもしれないと予感しながらその手をつかんだわたしも不用意だったのかもしれない。いずれにしろ、あまりに強く手をつかんだので、振り払われたのだろう。彼との関係を壊したのは、彼の言動ではなく、わたしの願望なのだ。そして彼は去ってしまった。わたしに残されたのは、護らなければならない無力で無垢《むく》な存在だ。

だれかを抱いて眠るのは、九月頭に彼と別れて以来だった。赤ん坊が瞼《まぶた》を閉じたので、わたしも瞼を閉じた。胸の奥深くからどうしようもない淋《さび》しさが湧《わ》きあがってきた。この子もひとり、わたしもひとりだ。

二〇〇〇年一月十七日午前九時二十四分。三千六十グラムの男の子が生まれた。

丈陽が生まれる直前に、まるで舞台効果を高めようとするかのように雨が雪に変わったということを、あとになって東から聞いて知った。

「あなたが分娩室に入って、三十分は分娩予備室にいて、それから待合室に移ったんだけどね、待合室にはだれもいない、おれひとりだったんだ」

待合室には、スタンダード映画のスクリーンのような三メートル四方の大きな窓があったそうだ。しばらくすると雪が舞い落ち、ぼんやりと粉雪を眺めているうちに、雪の結晶が天使に見えてきて、「赤ちゃんがぼくを迎えにきた。だれかが生まれて、だれかが死ぬ、世のなかはそういう風にできているんだ」と東はしみじみ実感したという。

そう思った瞬間、産声が聞こえ、東は反射的に立ちあがった。

十分ほど経《た》って分娩室から出てきた助産婦は、「お生まれになりました。男のお子様です。母子ともに健在です」と微笑んで、東に深々と頭を下げた。

「分娩室から待合室までの真《ま》っ直《す》ぐな廊下は役者の入退場を華やかに演出する花道のようで、助産婦にもピンスポットが当たっているように見えた」と東はいった。

東はコートと帽子を脱いで予防衣に着替え、助産婦のあとについて廊下を歩いて行った。右手に分娩室、左手に広々とした新生児室があった。

新生児室には、たったひとりの赤ん坊しかいなかった。湯気こそ出ていないものの生まれたてのほやほやで、必死になって世界と呼吸を合わせている赤ん坊は、光の粒子を身に纏《まと》っているかのように輝いていたそうだ。

「抱いてみませんか?」と助産婦は東に声をかけ、答えを待たずに赤ん坊を抱きあげた。

　東は両腕をあげ、助産婦がその腕のなかにそっと赤ん坊を乗せた。

　命の重さ。ほかのどんな重さとも比較しようがない三千六十グラムを東は両腕で抱き止めた。

　丈陽がこの世で最初に対面したのは、母親でも父親でもなく、血の繫《つな》がりがある親《しん》戚《せき》でもなく、東由多加だったのだ。

　それから、わたしと丈陽は分娩台の上で二時間眠り、丈陽はコットベッドに、わたしは車椅子《いす》に乗せられて産科病棟六階の六二一号室に運ばれた。

　丈陽のコットベッドはわたしのベッドに横付けされた。上半身を起こしたかったのだが、子宮が急速に収縮する後陣痛と会陰裂傷《えいんれつしよう》の痛みで起きあがれそうにない。

「もう一度抱いてみたいな」と東がいった。

　助産婦が抱きあげて、東に渡した。東は両腕を強張《こわば》らせてはいたもののしっかりと抱き、丈陽の顔を覗き込んだ。わたしはまだ一度も赤ん坊らしい泣き声を聞いていなかったので、泣かないかな、と首を傾けて見護ったが、丈陽は東の腕のなかで眠っているようだった。神聖な、と形容したら大仰に聞こえるのかもしれないが、東と丈陽は繭《まゆ》の内にいるように一体となり、母親であるわたしにも割って入れないような侵し難い雰囲気につつまれていた。

「丈陽くん」と東はつぶやき、瞬きもしないで丈陽の顔を見詰めつづけた。

肘《ひじ》から上にあげると激痛が走る左腕が心配で、わたしは、「腕、痛くない？」と控えめに声をかけ、助産婦が「お尻《しり》を先に下ろして、頭をそっと下ろしてくださいね」と東に赤ん坊の寝かせかたを教えてくれた。

しばらくして、細井さんが現れ、時間を置かずに母と妹が入ってきた。

妹と逢《あ》うのは一ヵ月半ぶりだった。認知、養育費をめぐる彼との交渉で疲れ果ててしまったのと、わたしとのファックスのやりとりで激しい言葉を打《ぶ》つけ合い、最後に、〈あなたのまわりから人はいなくなるでしょう。今後一切関わりたくありません。TEL、FAX、一切やめてください〉というファックスをもらったので、連絡することを差し控えていたのだ。

病院に向かう途中で泣いていたのだろう、妹は真っ赤な目で病室に入り、コットベッドの頭のほうに突っ立って唇を歪《ゆが》ませていたが、セーターの袖《そで》で目を擦《こす》りはじめ、数分間泣いて出て行ってしまった。

気まずい雰囲気をなんとか変えようと、

「見てください。長くてきれいな指ですよ」と東が母にいった。

「長い指で、女を泣かさないように」と母がいい放った。

その言葉がおかしくて、わたしたちは笑ったが、母はにこりともしなかった。

「女を泣かす男にだけはならないでね」母は丈陽に向かっていうと、ロッカーの横の丸椅子に腰を下ろしていた東のとなりに座り、

「からだ、だいじょうぶなんですか？」と病状について質問をはじめた。

わたしは〈東京キッドブラザース〉の研究生として二年在籍しただけだが、妹は十五歳から二十四歳まで劇団員として在籍し、六本のミュージカルに出演していたので、東と母も単なる知り合い以上の間柄だった。

「抱けば？」わたしは東と話し込んでいる母にいった。

「え？」母はぎくりと背中を伸ばし、「わたしなんかが抱いていいんですか？　もったいない」とわけのわからないことをいってあちこちに視線を散らしたが、東が「初孫なんだし、抱けばいいじゃないですか」というと、「そうですか？　じゃあ」と丈陽に両手を伸ばして抱きあげ、飯田さんが、「記念に一枚撮りましょう」というと、カメラに向かって笑みを拵《こしら》えた。

東の顔の疲労が濃くなった気がしたので、「眠らないと倒れちゃうよ」というと、

「あなたもすこし休んだほうがいいよ」と東はいい、東と中瀬さんと飯田さんと細井

さんは病室をあとにした。

母となにを話せばいいかわからず、母も同じ気持ちだったのだろう、わたしたちは黙って丈陽を見詰めていた。

「じゃあ、お名残惜《なごり》しいけど、あの子が廊下で待ってるみたいだから行くわよ。またくるからね」と母は出て行った。

ひとり残ったわたしは、丈陽に目を戻した。眠っている。まだ髪は胎脂《たいし》でべとつき、鼻の頭にも白いぷつぷつがついていたが、いくら見ても自分の胎内で十ヵ月にわたって育て出産した我が子だという実感は持てなかった。

わたしは枕もとの電話をとって、丈陽の父親である彼のケイタイの番号を押した。留守番電話だったので、「今朝、出産しました。二週間も早かったけれど、三千六十グラムもある元気な男の子です。とりあえず、ご報告いたします」と吹き込んだ。

助産婦が入ってきた。

「この子、ずっと眠ってるんですけど、だいじょうぶなんでしょうか？　なにか、障害があるとかそういう可能性は？」わたしは訊《たず》ねた。

「疲れてるんですよ。母親も大仕事ですけど、赤ちゃんもたいへんだったんですよ」

「まだ、おっぱい飲んでないんですけど、だいじょうぶですか？」

「泣いて欲しがったときに、あげてみましょう。最初はわからないだろうから、わたしたちがお手伝いしますよ。おむつは取り替えました？」

「いえ、まだ。泣いてないし」

「泣いてなくても、二時間置きぐらいに見てあげてくださいね」と助産婦は産着の紐《ひも》をほどき、おむつカバーをはずした。黒緑色のうんこがおむつと性器にべったりついていた。

丈陽は四肢《しし》と唇を震わせ泣き出した。歯が生えていたらカチカチと音が鳴るような泣きかただったので、寒がっているのではないか、とわたしはあわてて枕の横に肘をついた。

「なにも食べていないのに、こんなにうんこが出るなんて変だと思うでしょうが、これは胎便《たいべん》といって胎内で母の栄養をもらっているときに溜《た》まっていた便なんです。二、三日経つと、だんだん黄色っぽい色に変わっていきます」と助産婦は脱脂綿を湯で濡《ぬ》らして絞り、「赤ちゃんの膚《はだ》はデリケートで、ちょっとした刺激ですぐ荒れちゃいますから、擦らないでくださいね。こうやって押すように、洗い流す感じで拭《ふ》いてやってください」とお尻と性器を拭いて見せ、新しいおむつに替えておむつカバーのマジックテープを留めた。

「そんなに強く留めちゃって、だいじょうぶなんでしょうか？　臍《へそ》の緒《お》が潰《つぶ》れたりしませんか？」

「指二本分の余裕があればだいじょうぶですよ。あんまりゆるいと、男の子の場合おしっこがお臍にかかっちゃって黴菌《ばいきん》が入る可能性があるんですよ」と助産婦は手早く服を着せた。

「そんなに乱暴に、いやザツに扱ってだいじょうぶなんですか？　腕とか足、折れちゃわないですか？」

狭い胎内でそうしていたのだろう、赤ん坊は眠っていても腕をW型、足をM型に曲げたまま手足を伸ばしてくれないので、着替えが難しそうだった。

「だいじょうぶです」助産婦は笑い声をあげた。

「臍の緒はいつ取れるんでしょうか？」

「赤ちゃんによってだけど、一週間前後ですね」

「え？　どうしよう」

「だいじょうぶですよ。みなさん、はじめての子育てはパニックになるんだけど、すぐに慣れますよ」

「わたしは慣れそうにありません」

「まぁ、慣れないうちは、うんこやおしっこのたびにナースコールを鳴らしてもいいですよ」

「すみませんけど、お願いします」

三時過ぎに町田康夫人の敦子さんが現れた。丈陽の服や帽子を編んで持ってきてくれて、まだ編んでいる途中の上着もあるという。

「抱いてみてください」

わたしは敦子さんにいった。

「じゃあ」といって、敦子さんは緊張した面持ちで手を洗った。

「首が座ってないから怖いですね」

「怖いから、わたしはまだ抱いてないんです」

「え？　お母さんの前に抱いちゃっていいんですか？」

「敦子さんには、抱いてもらいたいんです」

わたしは、敦子さんに丈陽の面倒をみてもらうときが訪れるだろう、と勝手に思い込んでいたのだ。

敦子さんはおそるおそる抱きあげ、病室にいた三十分間その手を離すことはなかった。

後に敦子さんはこう語った。

「わたしはそれまで家族や親戚のなかで、赤ちゃんや小さな子どもと接したことがなかったんです。友だちにはみんな子どもがいるけれど、退院してきたときは白い布にくるまれた赤い塊だったのが、つぎに逢ったときには、もうばたばたと駆けまわったり、片言でおしゃべりしたりして、ブラウン管の向こう側や雑誌のグラビアに写っているものを眺めてるのとたいして変わりがなかったんです。子どもは嫌いじゃないけど、『大好き』というわけでもなかった。

でも、柳美里というひとに対しては、なんといえばいいんだろう、妹のような、幼馴染《なじ》みのような懐《なつ》かしい匂《にお》いを感じていて、そのひとのお腹《なか》がだんだん膨らんで、ついに〈人間〉を生み出した、そのことはわたしにとっても一大事だったんです。

朝早く細井さんから電話をもらって、『生まれたらしいよ』と聞いたときには、『うれしい』でも『哀《かな》しい』でもなくて、なんだかとってもぼんやりしてしまった。とにかく早く病室に駆けつけようと急ぎの仕事をかたづけはじめたんだけど、ますますぼんやりしてしまったのは、小規模なパニックに陥っていたんだと思う。

ドアを開けた瞬間、窓を背にして柳さんの逆光のシルエットにはっとしました。はじめて逢うひとのような気がしたんです。

生まれたばかりの丈陽くんは、わたしがそれまで知っていた赤い塊ではなかった。

ちゃんとした〈しるし〉があるというか、目もとや唇のかたち、小さな手や指に柳美里の子だという〈しるし〉があって、ひと目で、わたしにとって懐かしいひとになったんです。

わたしは子どものころから、ひととうまく関係を結ぶことができないと自覚してきたので、逆に『懐かしい』と思ってしまったひととは強く結ばれるんです。丈陽くんを抱いたときには、緊張で心臓がドキドキして、全身が固まってしまいました。小さくてフニャフニャで、とってもあたたかかった。『わたしはまだ抱いていない』と柳さんにいわれたときは、『しまった』と思ったけれど、と同時に、なにか言葉にし難い、不思議な責任感をおぼえたんです」

両腕でしか計測できない命の重さ、どうやらひとりひとり重さの実感が異なるようだ。まず東由多加が抱き、わたしの母が抱き、町田敦子さんが抱いた。この三人はきっと丈陽にとって重要なひとたちにちがいない、そう直感したので抱いてもらったのだ。丈陽を抱いた三人の感慨を聞くたびにその重さは倍加し、母親であるわたしには抱え切れないほどの重さになっていった。

夕方、東に電話をした。

「子どもの顔を見たら、もっと生きていたいと思いましたよ」

「死なないでよ。ぜったいに、ひとりじゃ育てられない。生んでみて、思い知ったんだけど、ぜったいひとりじゃ無理」わたしの声は涙で崩れ、言葉をつづけることができなかった。自己憐憫《れんびん》や無力感で泣いたのではない、ほんとうに東が必要だったのだ。「その子にはいろいろ教えてやらないといけないし、なんとかがんばってみるよ。その子がおれをはっきりと認識するまで、なんとしても二年は生き延びるよ」

わたしはティッシュを引き抜いて、何度か鼻をかんで、電話を切った。

東もわたしも、がんばる、という言葉が嫌いだった。十五年間つきあって一度も口にしたことがないのに、癌《がん》を告知された昨年七月から、これで二度目だった。一度目は抗癌剤と放射線の治療をはじめる直前、そしていま——。がんばる、と口にせざるを得ない東が堪えている痛苦を思うと、がんばって、とはいえないものの、なんとしても生き延びてほしかった。

東は一月八日に帰国して以来ほとんど食欲はなかったのに、丈陽が生まれた日の夜、〈東京キッドブラザース〉の北村さんにビーフシチューを作ってもらって食べ、深夜ステーキを食べ、早朝に吐き気を催し全部吐いてしまった、と翌朝報告を受けた。

5‐FUとシスプラチンの副作用は胸のむかつき、食欲不振程度だったのに、タキソールは東のからだを打ちのめした。脱毛はしかたないにしても、食べることができないのが決定的だった。しかし、癌にもダメージを与えているのだったら投与を打ち切るわけにはいかない。そしてタキソールが効かなくなったら、べつの抗癌剤を試してみる、それが東とわたしとがんセンターの室先生の一致した治療方針だった。スローン・ケタリングのケルセン先生は、タキソールのあとにイリノテカンの投与を考えていたようだったが、室先生は国内のいくつかの病院でしか認可されていないネダプラチンとビンデシンの二剤併用のほうが効果が高いと主張した。東もわたしも単に順番の問題なのでどちらが先でもかまわないと考え、ネダプラチンとビンデシンが効かなかった場合はイリノテカンを投与するということだけを室先生に確認しておいた。

　ただ、わたしは東の体力と癌の進行の速度を危惧《きぐ》していた。癌が東の体力に追いつき、追い抜く――、背後の足音に耳を澄ましていたが、恐怖のあまり首をうしろに捻《ひね》ることはできなかった。

「赤ちゃんがぼくを迎えにきた。だれかが生まれて、だれかが死ぬ、世のなかはそういう風にできているんだ」と東はいったが、わたしにはその考えを受け容《い》れることはできない。なぜなら、わたしと丈陽にとって、東由多加は唯一《ゆいいつ》無二の存在だから。

　わたしは病室で丈陽の顔を見護《みまも》りながら、「神様」とつぶやいた。その言葉は発した途端に雪のように唇の上で溶け、天に舞いあがってくれそうになかった。

出産翌日から授乳の訓練がはじまった。

わたしの乳首は左右ともに陥没《かんぼつ》している。指でつまんで引っ張って乳首を出し、膿《うみ》のように黄色いどろっとした初乳を搾《しぼ》ると、助産婦が丈陽を抱いて吸いつかせてくれるのだが、普通の乳首よりも大きく口を開けて強く吸いつかなければならず——、一時間試みたが、授乳することはできなかった。

「赤ちゃんも疲れたようだから、また二、三時間したらトライしてみましょう」

陽が落ちかかったころ、東が現れた。東は〈西村〉のアイベリーと巨峰と、一本千円もする牛乳を買ってきてくれた。それらを冷蔵庫にしまうと、紙袋のなかから一枚のファックスを取り出した。

丈陽の父親からだった。

母子ともに元気と聞き、安堵《あんど》しました。出産直後なので、体に気をつけて下さい。今後のことは、落ち着いてから話しましょう。

病院が分からず、携帯も使えないので、ＦＡＸしました。

「これだけなんて、変だね。病院なんて調べようと思えば簡単にわかるでしょう。あなたから聞いていた話だと、本来子ども好きなんでしょ？」

「子ども好きだといってたけど、かわいがってるところを見たわけじゃないからね。善《よ》いひとに思われたいっていう意識を過剰に持っているんだけど、彼のなかの〈善いひと〉のイメージがステロタイプなんだよ。戦争は絶対悪だとか、核兵器は廃絶しなければならないとか、すごく単純な平和主義者だしね。それに、子ども好きなひとは、だいたい動物好きだけど、猫や犬は好きじゃなかったから、ほんとうは子ども好きじゃないのかもしれない。彼の妻には子どもがいないし。どっちにしろ、自分のことにしか関心がないひとだよ」

助産婦がドアを開けた。

「授乳、あとにしますか？」

「やってみなさいよ」

と東がいうので、東に背を向けて胸をはだけた。助産婦に手伝ってもらって、丈陽に吸いつかせてみたのだが、吸いつきが浅いために乳は出なかった。

「陥没乳首のひとは、うまくいかない場合もあるんですよ。でも、一度哺乳瓶《ほにゅうびん》で与えてしまうと、そのほうが出やすくて楽だから、赤ちゃんが母親のおっぱいをいやがってしまうんです。一週間は待てますよ」

「え？　一週間なにも飲ませないんですか？」東の声には驚きと非難が籠《こも》っていた。

「ええ、そのあいだは糖水で水分を補給します。黄疸《おうだん》が出たら、人工乳を足すということも考えますけど」

「糖水っていうのは、砂糖水のことですか？」東が眉《まゆ》をひそめた。

「ええ」

「あなた、あきらめなさいよ。あなたの乳首は奇形なんだし、それにずっと母乳っていうのは無理だよ」

「……でも……母乳には免疫《めんえき》が含まれてて……母乳で育てれば半年ぐらいは病気にかかりにくいっていうし……」

「無理だと思いますよ」

「入院しているあいだは、母乳でやってみましょう」といって、助産婦は病室から出て行った。

「むずかったら抱こうと思ってるんだけど、なかなか泣かないね」東は立ちあがって丈陽の顔を覗《のぞ》き込み、溜《た》め息とともに腰を下ろした。

「いいよ、抱きなよ」

「寝てるのを起こすのはよくない」

「そろそろおむつ取り替える時間だから、おむつ取り替えたら抱きなよ」

わたしは痛みを堪《こら》えてベッドの端に座り、スリッパに足を突っ込んだ。産着《うぶぎ》を脱がせた途端に、丈陽は唇をあわあわあわと震わせ、豚のように鼻を鳴らした。

「見て、あわあわって泣くんだよ。面白いでしょう」

「寒がってるじゃない。面白がらないで、早くやってあげなさいよ」と東は声を尖《とが》らせ、「うちに帰ったらおれもやるんだから、よく見とこう」といったので、わたしは助産婦に教えてもらったばかりの手順を説明した。

「でもさ、これ布おむつなんだよ。うちに帰ったら紙おむつでやんなきゃいけないから、参考にならないよ」

わたしと東はそれからしばらく布おむつと紙おむつのそれぞれの利点と難点について話し合った。昨夜、東が育児本を読んで調べてみたところ、足りないベビー用品があったそうで、東は北村さんに頼んで、赤ん坊専用のバスタオルやガーゼ、肌着、爪《つめ》切り、哺乳瓶、ウエットティッシュ、ウエットティッシュを温めるウエットティッシユウォーマー、湿度計、耳で測れる体温計を買い揃《そろ》えるということだった。

「あと、足りないものある？」

「あッ、ベビーベッドが置いてある和室、暖房ついてなかったでしょ？」

東はメモ用紙に、〈電気ストーブ〉と書いてポケットに入れ、十分ほど丈陽を抱いてから病室をあとにした。

産後三日目の深夜一時、個室に助産婦を呼ぶのは悪いのでコットベッドを押して授乳室に行ってみた。三つのソファがコの字に配置され、二十代半ばぐらいの四人の母親たちが胸をはだけて赤ん坊に乳を吸わせ、一人は両乳房に搾乳器《さくにゆう》を取りつけ、乳を搾り出していた。どの母親も出産と授乳の疲労でげっそりとやつれ、髪の毛を振り乱して授乳している。よく育児雑誌に載っている微笑《ほほえ》みながら乳を与えている母親などひとりもいなかった。出産直後にホルモンのバランスが激変して鬱《うつ》になるせいもあるのだろうが、だれしも日に何度かは赤ん坊に苛立《いらだ》ちを打《ぶ》つけてしまうのではないだろうか。それは小さな虐待《ぎやくたい》の芽で、もし夫が非協力的でひとりで子育てと家事をこなさなければならなかったり、経済的に困窮していたり、近所づきあいでトラブルを抱えていたりしたら、こころの奥底で、「この子さえいなければ」、「この子がわたしを不幸にしているんだ」と憎しみの水を注いで虐待を芽生えさせ、それが怒鳴る、殴る、家に置き去りにして男やパチンコで遊ぶ、ベランダから投げ棄《す》てるなどの殺人にまで発展するのではないかと思いながら、わたしはパジャマのボタンをはずして上半身ははだかになった。ほかのひとはめくりあげたり、片胸だけはだけたりしているのだが、そうすると赤ん坊の顔に布がかかってしまうので、寒ささえ我慢すればはだかのほうが授乳しやすいのだ。

助産婦のかたは根気よく力を貸してくれた。

丈陽が乳の出ない乳首をいやがって泣き出した隙《すき》を衝《つ》いて、大きくひらいた口をわたしの乳房に押しつけ、「この子はガッツがあるし、吸う力が強いからいけるかもしれませんよ」、「泣かないで吸いなさい。凹《へこ》んでて吸いにくいけど、あなたのおっぱいはこれしかないんだからね」とわたしと赤ん坊を励ましつつ、この行為を二時間もつづけた。痔《じ》用のドーナツ型の円座に座っても縫った場所は痛かったし、目を開けていられないほど眠かった。

「もう、限界です。眠ります。糖水あげてください」わたしは挫《ざ》折《せつ》して、部屋に引き返した。

助産婦が哺乳瓶に入れた糖水を与えると、丈陽は無我夢中に吸い、三十ccでは足りないといいたげに乳首に吸いついて離れなかった。

わたしのほうも、出口が塞《ふさ》がって乳が出ないために、乳房がバスケットボールのように硬くなり、触れられるだけで痛みが走るような状態になってしまった。

「おっぱい冷やしましょう。このままだと乳腺炎《にゅうせんえん》になってしまいます。柳さん、疲れてるみたいだから朝まで預かりましょうか？」

「お願いします」わたしは頭を下げた。

日赤は基本的には母子同室なのだが、「今日は眠りたい」といえばナースステーションで預かってくれる。夜間の授乳とおむつ替えに慣れておかなければならないので預けるのはやめようと考えていたのだが、産後三日目にして授乳でつまずいてしまった。

わたしは両胸にアイスノンを乗せた。乳房が痛くて寝返りも打てなかった。病室は出版社から届いた祝いの花でいっぱいで、花の匂《にお》いが充満していた。花の匂いのせいだろうか、眠ることができない。授乳しているので、睡眠薬をもらうわけにはいかない。

一時間経《た》っても眠れないのでナースステーションに行き、夜勤の助産婦に、「やっぱりいっしょに眠ります」といって、丈陽を病室に連れ帰った。

翌朝、丈陽の体重を測ると三百グラムも落ちていた。

見舞いにきた東にそのことを伝えた。

「あなた、三千グラムの子が三百グラム落ちたってことは、おれの五十キロの体重が五キロ落ちたってことと同じだよ。なんで放って置くの？」

「この病院では、みんな母乳だっていうし……」

「それは母乳がベストだってことは認めるよ。だけど、何回もいうけど、あなたの乳首は奇形なんだし、それに物理的に無理でしょう。退院したら、あなたはすぐ仕事をはじめなくちゃいけないんだから。あなたがいえないんなら、おれが話すよ」

東はナースコールのボタンを押して、助産婦を呼んだ。

「あのですね、彼女は仕事上、母乳で育てることはできないんですよ。一日十時間以上ワープロに向かわなければいけないし、そのあいだはだれかに預けているしかないんです。この子に人工乳をあげてくれませんか？」

「でも、家でやる仕事だったら、母乳のほうが楽なんですよ。脱いであげればいいだけですから。哺乳瓶の場合、瓶と乳首を煮沸《しゃふつ》消毒して粉ミルクを調乳するのに十五分から二十分、授乳するのに十五分から二十分、ゲップを出すのに五分から十分、それから使い終わった哺乳瓶を洗ってまた煮沸消毒。一時間はかかりますよ。三時間置きに授乳といっても、実質上は二時間置きになってしまうんです。それが一日七、八回。

授乳だけで七、八時間はとられます」

　東とわたしは顔を見合わせた。

「柳さんは、退院したらだれに手伝ってもらうんですか？」

　入院時に産科フェイスシートを提出しているので、わたしが未婚の母だということは、主治医も助産婦たちも知っていた。

「わたしと、このひとで」わたしは東に視線を振った。

「無理ですよ。産後一ヵ月は布団《ふとん》を敷きっぱなしで、寝たり起きたりなんですから」

　話が逸《そ》れたので、東がいった。

「人工乳をあげてください」

「じゃあ、おっぱいを止める薬を飲みますか？」

　薬で止めるということに抵抗をおぼえ、わたしはアイスノンを押しつけていた手に力を込めた。

「しょうがないじゃない。人工乳を飲んで育って、あとで問題が起こったという話は聞かないし」と東がいった。

　翌日、回診にきた杉本先生に乳房を診てもらった。

　杉本先生はわたしの乳房を搾り、ガーゼで乳を拭《ふ》き取りながら、

「左は可能性があるけれど、右は無理かもしれません。赤ちゃんがもう少し大きくなれば、口も大きくなって吸う力も強くなるんですけどね。乳腺炎の一歩手前です。残念ですけれど、あきらめましょうか」と乳を止める薬を処方してくれた。

その日から、わたしは三時間置きにナースステーションに冷えたミルクが入っている哺乳瓶をもらいに行かなければならなくなった。授乳室にある消毒済みの乳首を取りつけ、魔法瓶の熱湯で湯煎《ゆせん》しながら病室に戻り、ひと膚《はだ》になったら与えるのだが、ひと膚というのがなかなかわからず何度もてのひらにこぼしているうちに温め過ぎ、今度は水で冷ますという失敗を犯しつづけ、明け方などは適温になる数分のあいだにうつらうつらしてしまい、温めたり冷ましたりを二、三度くりかえしたこともある。

わたしは湯煎用のコップを手に授乳室を横切るたびに、赤ん坊の顔を乳房に押しつけている母親たちを妬《ねた》ましく思った。

初日は一回五十ccだったのだが、わずか数日で八十、百と増えて行き、一週間後には百と五十ccの哺乳瓶をふたつもらわなければならなくなった。丈陽は失った体重を取り戻そうとしているかのようだった。

「すごい。この子だったら陥没乳首でもいけたかもしれないですね。手足が長くて、骨格がしっかりしてるから、大きくなりますよ。お父さんは大きなひとなんですか？」

「ええ。百八十センチ以上あります」

「この子、ちょっと癖《くせ》っ毛だけど、柳さんはストレートですよね」

「父親が癖っ毛なんです」

なぜ、みんな丈陽とわたしの顔を較《くら》べ、似ているところを捜すのだろうか？　普通の夫婦間に生まれた子ならば、他人に顔を見較べられることも、夫と妻とで赤ん坊の顔を覗き込み、似ているところを捜すのも喜ばしいことなのだろうが、わたしはそうではないのだ。

わたしは丈陽の顔を凝視した。彼の写真を一枚も持っていないので見較べることはできないが、父子の顔と体格は酷似していた。わたしは彼の赤ん坊のころの写真を見てみたいと思いながら眠りに就いた。

一月十七日月曜日に出産し、日曜日には退院する予定だったのだが、わたしの場合、退院と同時にひとりで育児をしなければならないので、授乳、おむつ替え、着替え、沐浴《もくよく》などに慣れるために四日延ばすことにした。

彼のケイタイの留守録に病室直通の番号を入れておいたら、電話がかかってきた。

彼は延々と周囲にわたしとの関係がばれたために起こった、そして起こるであろう苦境を訴えた。

「きたくないなら、こなくてもいいよ」

「なんで、すべてを悪く取るの？　手紙に子どもには逢《あ》いたいって書いたでしょ？」

「いつくるの？」

「いつだったら、だれもいない？」

「逆に、何日何時にくるって決めてもらえばその時間だれもこないようにはできるけど」

「だれか張ってないよね」

「張ってないと思うよ」

「写真週刊誌に撮られたら、いい逃れできなくなる。念のため、先輩に頼んでついて行ってもらうから、その先輩のスケジュールにもよるんだけど、土曜か日曜だな」というと彼はいい忘れたことを思い出したように、「子どももあなたも元気なの？」と訊《き》いた。

「元気だよ」というと、彼は電話を切った。

一月二十三日日曜日、午後六時。ちょうどおむつを取り替えている最中だった。ドアが開いた瞬間、心臓がラケットで打たれたボールのように胸を突きあげ、病室がぐらりと傾いた。瞼《まぶた》を閉じて、彼が病室に入ってきたという映像を打ち消してしまいたいと思ったくらいだった。彼は真《ま》っ直《す》ぐコットベッドの脇《わき》に近づき、丈陽を見下ろした。

「どこも異状ないの？」彼は声を発した。

「うん、とっても元気」乾き切った口からなんとか言葉を絞り出したものの、おむつカバーを留める手は震えていた。

ようやく産着を着せたが、丈陽から目をあげることはできなかった。目をあげれば、手が届く距離に彼がいる、そのことが怖かった。

彼も突っ立ったままだった。

「似てるでしょ？」声が震えないように、こころを抑えた。

「わかんないな」

「わたしにはぜんぜん似てない」

「そんなことないよ」

「だってそっくりでしょう」

「まだ、わかんないよ」と彼は丈陽から目を逸らして椅子《いす》にどさりと座ると、一分ほど両腕に頭を埋《うず》めた。

わたしははじめて彼のほうに顔を向け、おそるおそる足もとから上に視線を移した。ベージュ色のセーターにマフラーをかけている。マフラーの線に目が馴染《なじ》んだので、思い切って顔の下のほうを見てみた。彼は、マスクで口を覆《おお》っていた。

「風邪？」

「熱があるんだ」

丈陽が泣き出した。

わたしも彼も弾《はじ》かれたように丈陽を見た。

「ミルクあげないと、泣きやまない」

「あげれば」

「ナースステーションからもらってこないといけないんだけど、時間ある？」

「母乳じゃないの？」

「うん、断念したの」

「母乳のほうがいいよ」

わたしはひとつだけ深呼吸をして立ちあがり、ナースステーションに行って哺乳瓶《ほにゅうびん》をもらい、授乳室で湯煎して病室に戻った。温まるまでに時間がかかるのでテレビの前にコップを置いた。話したい、話すまいと思っていることはたくさんある。しかし頭に綿《わた》を詰め込まれたようで、それをひとつひとつ吟味して、話してもいいことを引き出すことはできなかった。思考も理屈もなく、記憶すら浮かんでこなかった。彼もまた口を閉ざしていた。なにか言葉を発しようとしているのだろうか、それともなにもしゃべるまいと思っているのだろうか。これ以上沈黙がつづいたら、彼が腰をあげてしまう気がしたので、わたしはからだを押しあげるようにして立ち、丈陽を抱いて足を前に踏み出した。

「父親なんだから、抱いてやって」

「手が汚いし、風邪ひいてるからだめ。いま、風邪ひいたらふたりともたいへんなことになる。いうこと聞いて」と彼は背中をうしろに引いた。

「いうこと聞いて」といういいかたが、つきあっていたころとまったく同じ命令口調だったので、一瞬ふたりのあいだの距離をつかみかねて立ち竦《すく》んだ。

その隙に彼は立ちあがり、トイレに入って咳《せ》き込んだ。わたしはしかたなくベッドに戻り、丈陽にミルクを飲ませた。

「やっぱり、ものごころつくまで逢わないつもり？」丈陽から目を逸らさず、目の端で彼の姿をとらえながら訊いた。

「そういう話、いまはやめよう。手紙書くよ。先輩にそこの待合室で待ってもらってて、あんまり待たせると悪いから、もう行くよ」彼は腰をあげた。そしてミルクを飲む丈陽の傍らに佇《たたず》み、三十秒くらい身じろぎもしないで見下ろしていた。

「じゃあ、行くね」

「うん。じゃあね」

彼は丈陽に背中を向けて、出て行った。結局わたしとは一度も目を合わせなかった。もしなにも知らないだれかが居合わせたら、ふたりのあいだに諍《いさか》いなどなかったかのように思うだろう。しかし、これが父と子のはじめての対面だと知ったら驚くにちがいない。それほどわたしたちの会話には起伏がなく、温度もなかった。

数日後に助産婦から、赤ん坊は胎内で母親から受け継いだ免疫《めんえき》があるので三ヵ月は病気にかからない、母親が風邪をひいても染《うつ》らないということを聞いて、無理にでも抱いてもらえばよかったと後悔した。丈陽にとっては、この世にたったひとりの父親なのだ。恋人、友人、夫婦関係は絶とうと思えば絶つことができる。しかし、命ある限り、親子関係に終着はない。血の流れを堰《せ》き止めることはできないのだ。

一月二十五日、『週刊ポスト』の飯田さんのところに、わたしの父から電話が入った。父は、「これからいうことを紙に書き留めてほしい」といって話しはじめたそうだ。

柳美里の父が生きているということを、子どもの父親に伝えてほしい。
逢いに行くか、くるか、時間の問題である。
男同士の決着をつけたい。

ずいぶんと時代がかった言葉で笑ってしまったが、と同時に、本気なのかもしれない、とも思った。父はいつも突発的に行動を起こす。六年前、父が釘師《くぎし》として勤めていた横浜黄金町のパチンコ店に呼び出されて行ったところ、父は景品交換のガラスケースにひとさし指で新居の間取りを描いて見せた。母が愛人を作って家を飛び出した二十数年前に一家は離散しているので、単なる父の願望、妄想に過ぎないと高を括《くく》っていたのだが、数ヵ月後に家は建ってしまった。しかし、それぞれべつの生活をはじめていた家族はだれひとりその家に寄りつかず、昨年遂《つい》にローン未払いで人手に渡った。その時期と前後して、父は三十年以上勤務していたパチンコ店をクビになり、以来車に毛布を積んでの移動生活をしているようなので、こちらから連絡を取ることができなくなった。

父は丈陽の父親である彼を捜し当てることができるだろうか。父に訊《たず》ねられても、わたしの各社担当編集者たちはシラを切り通すだろうし、母と妹も決して教えないだろう。仮に捜し当てたとして、父はどのような〈男同士の決着〉をイメージしているのだろうか。彼はわたしの腹が隠し切れないほど大きくなったときにわたしから逃げ、認知しないのだったら会社と家族に知らせざるを得ないと通告してしぶしぶ認知に応じたものの、妻に打ち明けたのはなんと昨年十一月末、妊娠八ヵ月の終わりである。とにかく彼は目の前の現実に背を向け、現在も〈月に一度子どもと逢う〉という約束から逃げている。うしろから追いかければ、追いかける者がだれであろうと、彼は逃げつづけるだろう。父は彼の前に立ちはだかることができるだろうか。

どちらにしろ、父とふたりの弟には機《おり》を見て丈陽を逢わせなければならない。母と妹には妊娠中に打ち明けたのだが、性と生殖に関わることは、父と弟といえども、男性には話しづらい。ましてや、きちんとした結婚をして生まれた子どもではないばかりか、父親に逃げられてしまったのだ。彼らは母と妹以上に疵《きず》ついているにちがいない。いったい、いつ、どのように逢わせればいいのだろうか――。

一月二十六日、水曜は不動産屋の定休日なので、母が見舞いにきた。

わたしは深夜の授乳で疲れ果てて寝入っていた。からだを起こそうとしたら、「寝てなさい」と制され、母はコットベッドで眠っている丈陽に両手を伸ばして抱きあげた。

ソファに座って丈陽の顔を眺めていた母が鼻を啜《すす》りはじめたので、

「風邪？」わたしは肘《ひじ》をついて上半身を起こした。

「ちょっと、風邪気味で」母の声は水っぽかった。

「いま風邪流行《はや》ってるみたいだから、気をつけたほうがいいよ」わたしは三日前に訪ねてきた丈陽の父親がマスクをしていたことを思い出した。

母の横顔が髪で隠れて見えない。わたしは枕《まくら》の横にはずしておいた眼鏡に手を伸ばした。

――泣いている。母の鼻先から涙が伝い落ち、丈陽の顔を濡《ぬ》らしている。

わたしはなんといっていいかわからず、かけたばかりの眼鏡をはずした。

「可哀相《かわいそう》に……こんなにかわいく生まれたのに……。美里ちゃん、この子のお父さんはどうしちゃったの！」と母は鼻を啜りあげ、「なんとかこの子のお父さんとヨリを戻せないの？」と丈陽の顔を拭《ぬぐ》ったティッシュで鼻をかんだ。

「そんなことというのやめてよ」

「嫌気がさしたの？」

「あんまり荒唐無稽《こうとうむけい》なことといわないで。認知してもらうのだって半年もかかったんだから」

「だって、可哀相じゃない！　この子、お父さんがいなくてどうなるの？　なんとかやり直して、いっしょに育てなさいよ」と母の啜り泣きは一段と激しくなった。

「無理なものは無理」と強い調子でいったのだが、母の啜り泣きを断ち切ることはできなかった。

泣き声が沈黙に吸い込まれ、母は泣き腫《は》らした目で病室を見まわした。

「ここ煮炊《にた》きできる？」

「煮炊き？」

「ミヨックを作るのが、母親の役目なのよ」

「なに、ミヨックって」

「韓国では出産直後から三食ミヨックを食べて、血をきれいにするの」

「だから、ミヨックってなに？」

「ワカメと乾燥した貝柱とアサリでことこと煮たスープよ」

「なんだ、ワカメスープか」

「韓国では、産後一ヵ月は鶏肉《とりにく》を食べちゃだめだし、水に触れるのもだめなのよ」

わたしはひさしぶりに声をあげて笑った。丈陽を日本国籍にすることをいちばん強く希《のぞ》んだひとが、生まれた途端に韓国の因習《いんしゅう》を持ち出すとは。

数日前に病室に入ってきた助産婦に、「柳さんは韓国のかただけど、ワカメスープ飲まれないんですか？」と訊かれた。韓国人女性が出産するたびに、彼女たちの母や義母が病室にコンロと大鍋《なべ》を持ち込みミヨックを作らせてくれと要求し、日赤側がいくら消防法を説明しても、「韓国で産後これを食べない女性はいない」とひらき直られ、「お国柄だからしかたない」と特別に目を瞑《つむ》っているそうなのだ。べつの日に丈陽のうんこで汚れた手を洗っていたら、「韓国では、産後は水にも触っちゃいけないそうですよ」といわれ、「そういう風習を守らないといけないのは本国で生まれ育った韓国人だけですよ。わたしは在日だからいいんです」と笑い飛ばしたばかりだったのだ。

母はコットベッドの名札にわたしがボールペンで書き込んだ〈柳丈陽〉という名前を一瞥《いちべつ》していった。

「ほんとうにこの名前にするの？」

「いい名前でしょ」

「丈陽の丈は、韓国にはない字なのよ。宇龍《うりゅう》はどう?」

「変な名前」

「あら、韓国読みだとウリョンでいい響きだわよ」

「丈陽は日本人だよ」

母は黙り込んだ。わたしたち親族のなかで国籍が違うのは、この子だけなのだ。母は自ら作り出した沈黙で疵ついているようだったが、疲れていたので沈黙を放置しておいた。

「ドーナツ枕は?」

「なに、それ?」

「赤ちゃんの頭はやわらかいからドーナツ枕に寝せないと、歪《いびつ》になっちゃうの。韓国人は頭のかたちにそれはそれは神経質なのよ。日本人はいい加減だけど」

「へぇ。退院したら、買いに行くよ」

「いつ退院するの?」

「明日」

「明日? じゃあ、来週の水曜日、ミヨック作りにあんたんち行っていい?」

「いいよ」

母は名残惜しそうに丈陽の顔を覗《のぞ》き込み、「また逢《あ》いにくるからね」とバッグの紐《ひも》を肩にかけた。

母はこの日の日記にこう書いている。

長女美里の子供をこの手で抱くということは、かつて一度も考えたり願ったりしたことがありませんでした。

近年友人等の孫の話題を度々耳にし、またお稽古《けいこ》に通っている和裁教室の先生が初孫を持たれて、折に触れ成長の様子を聞くにつれ、かわいいんだろうなぁ、うちにはいつやってくるんだろうか、なんて漠然とした他人事《ひとごと》に過ぎませんでした。

ところが、突然、孫がやってきたのです。

子供の頃より、全《すべ》ての事象は自分の死をもって完結するのだと思い、それを逃げ場に、あるいはそう開き直り、乗り越えてきた人生です。何事も大袈裟《おおげさ》に騒ぎ立て、深刻ぶっても、すぐに忘れてしまう我ながら俗物な私ですが、今度ばかりは自分を戒めるものがありました。真摯《しんし》に受け止めなければならない。一過性の出来事ではなく、私が生きている限り続くこと。ああ此処《ここ》につながるのかと脈絡もなく思い至り、我が子の時には覚えなかった人と人の巡り合わせの妙さ、思惑や希望などを超えた現象の不思議さ……。

孫には生まれる前から父親が存在しません。子を棄《す》てるその父親も気の毒な事情を抱えているのでしょうが、この子は問答無用に哀れです。

下の娘から、予定より早く生まれたと知らせがあり、病院に飛んで行きました。扉を開けると、長女のおだやかな顔があり、その横にやわらかそうな髪をふささせた色白の赤ん坊が、一目で男の子と分かる面相で幸せそうに眠っていました。

その時、病室に流れている一見何の変哲もない風景に決定的に欠けている存在、永遠に欠け続けるであろう存在に対して、胸が抉《えぐ》られるような哀《かな》しみと憎しみを覚えました。

眠っている赤ん坊を抱き上げてみました。抱かれても眠ったままで、口をタコのようにとがらせたり、小さく身動きする様に、とうとう生まれてきたのだと思うと同時に、只《ただ》涙があふれて、赤ん坊の顔やら首やらにぽたぽたと落ちるのを、あわてて拭《ふ》きながら、これが孫なのかと実感することのできないもどかしさを覚えました。

泣かない子で、眠ってばかりいます。髪をくしゃくしゃに撫《な》でくりまわしても、指を伸ばして握りしめても眠ったままで、物足りないほど手がかからず、とても良い子です。

昔、ある人に、「人は何故《なぜ》生きるのでしょうか」と尋ねたら、「良い子孫を残す為《ため》」と言われました。

だとしたら、私は未《ま》だ見ぬこの子の父親に感謝せねばならないのでしょうか。

長女は生き下手というのか、いつも選《よ》りに選って生き辛《づら》い方向へ生きていきます。小心者なのに激しい気性で、無鉄砲です。でもこの子とだけはしっかり手をつないで迷子にならないよう用心深く生きていって欲しい、と祈ってやみません。

神様、どうか二人をお守り下さい。

わたしは五年前、『フルハウス』という小説で「私のなかではもうとっくに家族は完了してしまっているのだ」と書いた。

わたしが最初に家出したいと思ったのは小学校四年のときで、以来家族から一刻も早く解放されたいと願いつづけ、十六歳で高校を放校処分になり、〈東京キッドブラザース〉に入団したのをきっかけにして家族から遠ざかり、父や母が入院したと知らされても見舞いに行かず、電話で会話することさえ拒んでいた。しかし十八歳でものを書くようになったわたしは、わたしの家族を捩《ねじ》ったり折り曲げたりして変貌《へんぼう》させて、戯曲や小説にくりかえし登場させた。なぜか。わたしのなかで家族は完了していたのではなく、未解決だったということにほかならない。わたしは家族によって疵つけられた魂で、疵ついた家族を愛し、求めていたのだ。だから家族の崩壊をテーマにしながら、常に家族の再生のイメージを胸に抱き温めていた。もしかしたら、作家である以前に、わたし自身にとっての家族再生の物語の〈核〉として、子どもを生もうと決心したのかもしれない。実際、何年も音信を絶っていた母が毎週水曜に病室を訪れ、わたしの自宅に料理を拵《こしら》えにくるというし、父もわたしと丈陽のためになにかをしたいと願っているようだ。

しかし、わたしが思い描いていたのは、東由多加とわたしと丈陽の三人の家族――、同じ方舟《はこぶね》に乗り込み洪水を越えて新天地に向かうというイメージだった。血の繋《つな》がりはないし、婚姻という制度によって保証されているわけでもないが、だからこそ強固な絆《きずな》のように思える。互いの命のために互いが必要だというたったひとつの根拠によって三人は結ばれているのだ。

退院を目前にしたわたしは新しい生活をはじめる昂揚《こうよう》と不安を持てあまし、夢中になって丈陽の寝顔を見護《みまも》った。

産科病棟は病院のなかで唯一《ゆいいつ》明るく華やいだ雰囲気につつまれている場所だ。土日になると、病棟の廊下をビデオやカメラを手にした男性が行ったりきたりし、家族全員がロビーに集い、赤ん坊を順繰りに抱いて記念撮影している。

夫のいないわたしと、父親がこない丈陽を不憫《ふびん》に思ったのだろう、東由多加はわたしが入院していた十日間毎日高価な果物やケーキなどを持って見舞いにきてくれた。

一月二十五日午前八時、東が病室のドアを開けた。八時半から沐浴《もくよく》のビデオを観《み》て、そのあと助産婦に沐浴指導をしてもらう予定だったからだ。

東は、「昨日病院の帰りに渋谷に寄って買った」といって紙袋のなかから〈ラケーリ〉の〈ミニコッパセット〉を取り出した。昨年九月に同居を再開し、食料品は〈渋谷西武A館〉の食料品売場で買い物することが多かったのだが、その帰りに地下二階の〈ラケーリ〉に寄ってジェラートを食べるのが習慣になっていた。東は妊娠中毒症のわたしを気づかって、「シングルにしときなよ」と注意したが、わたしは東が奥の椅子《いす》に腰かけた隙《すき》にいつもダブルに切り替えた。

東が買ってきてくれたのは、紅茶クッキー、イタリアンチーズ、ミルククランチ、プリン、イタリアンチョコレート、抹茶、六個ともフルーツ味のシャーベットではなく、わたしの好きなこってり味のジェラートだった。

「プリンにしよっと」わたしは眠っている丈陽を起こさないように小さく声を弾ませた。

東は冷蔵庫を開けて、残りのジェラートを冷凍室にしまった。

「食べ切れないから、どれかひとつ食べなよ」

「いま食べたら、吐く。あなたなら食べられるでしょう。もう妊娠していないんだから好きなだけ食べていいんだし」

東の声は煙のようにどこかに流れ、わたしの鼓膜には跳ね返らなかった。

「具合、相当悪いの？」

「十二時ごろアモバン飲んで眠ったのに、四時に目が醒《さ》めちゃって、どうしようか迷ったんだけど結局もう一錠飲んで、まだ薬が抜けてないみたい」

アモバンというのは、癌《がん》が判明した昨年七月頭から東が常飲している睡眠薬だ。

「眠れないのは、左腕が痛いから？」

「室先生はリンパ節が痛むことはないっていってたけど、激痛が走るんだよ」と東は右手で左腋《わき》の下を押さえた。

「効いてるのかね、タキソール」わたしはプラスティックのスプーンでジェラートを口に運んだ。

「さぁ。スローンのケルセンはここの癌が小さくなればほかも小さくなってるはずだといってたけど、変化ないな」と東が首の付け根の腫瘍《しゆよう》を指で触った。

「副作用は？」

「食欲はないし、決心しないと起きあがろうって気にもなれない。でも、いまのところ抗癌剤をやりつづけるしか手がないわけだから、生きてるうちはこの状態がつづくってことだよ。これに慣れないことにはどうしようもないんだろうけど」と東は救いを求めるように丈陽の顔に視線を移した。

「眠ってばかりいるんだよ。となりの部屋の赤ん坊は夜通し泣いてるのに」

「たいへんな状況に生まれてきたってことを認識しているんだよ」

わたしたちは、なにか話し出すのを待つかのように丈陽の顔を見護った。

「もう九時だ。訊《き》いてみる」わたしはナースコールのボタンを押し、沐浴のビデオは何時ぐらいになるか訊《たず》ねてみた。

「ビデオ観るかた、もうひと組いらっしゃるんですけど、ご主人が遅れてらっしゃるみたいなので、もうしばらく待っていただけますか?」

視線を向けると、東は弱々しく微笑《ほほえ》んでいった。

「早起きして損したな」

「わたしがそこに座るから、ベッドに寝てなよ」

「いいよ、帰ったらすぐ寝るから。ちょっとウーロン茶買ってくる」と東は立ちあがり、病室を出て行った。

紙パックのウーロン茶を手に戻ってきた東は、「木曜に退院でしょ? 助産婦に訊くこと整理しておこうよ」と、ストローを差し込んだ。

「もう書き出してある。これ訊いてくれる?」とわたしは東にメモ用紙を渡した。この歳《とし》になってもひと見知りが激しく、気心が知れない相手と会話するのは苦手というより恐怖に近かった。東はわたしのその性格を熟知していたのだ。

しばらくして助産婦が入ってきた。

「あのですね、ミルクなんですが、あらかじめ一日分のミルクをつくって、その八本の哺乳瓶《ほにゆうびん》を冷蔵庫に入れておいてですね、三時間置きに湯煎《ゆせん》して飲ませるというのはだめなんでしょうか？」東はメモを見ながらいった。

「そんなことするひとはいないし、そんなこと考えるひともいませんよ」助産婦は唇を動かさずにいった。

「ミルクが悪くなってしまうという意味でしょうか」

「でも、日赤では冷蔵庫から出してますよね？　いちいち調乳してるわけじゃないですよね？」わたしはベッドから身を乗り出して口を挟んだ。

「ご家庭の冷蔵庫はいろいろな食品を入れてあります。雑菌だらけなんですよ。病院のは専用の冷蔵庫なんです」

「じゃあ、小型の冷蔵庫買って、ミルク専用にすればいいんだよね」わたしは東に顔を向けたまま、助産婦の承認を求めた。

「お勧めできませんね。赤ちゃんはミルクだけで生きてるんですから、やっぱり一回一回調乳した新鮮なミルクがいいんですよ」

「冷蔵庫はやめよう。お腹《なか》を壊したら可哀相《かわいそう》だ」と東はふたたびメモに目を落とし、「臍《へそ》の緒がついたままだと、風呂《ふろ》に入れるとき黴菌《ばいきん》が入りそうで怖いんですが、退院前に取ってもらうってことはできないんでしょうか？」とウーロン茶をストローで吸いあげた。

「みなさん不安がられるんですけど、無理に取ることはできないんですよ」と助産婦は部屋から出て行った。

「退院、あと一週間延ばそうかな」

「どうして」

「病院ではさ、哺乳瓶洗って消毒してくれるし、産着《うぶぎ》も洗濯してくれるし、沐浴も毎朝やってくれるでしょう。退院したらぜんぶわたしひとりでやらないとだめなんだよ」

「だいじょうぶだよ。おれも本見て勉強してるし、なんとかふたりで育てようよ」

助産婦がビデオの開始を知らせにきたので、丈陽をナースステーションに預けてロビーに移動し、わたしたちは夫婦のように肩を並べて沐浴のビデオを観た。

「おれはもう頭に入った。簡単だよ。このあいだ、細井さんに聞いてメモを取ってあるし」東はやつれた顔に自信を漲《みなぎ》らせていた。一昨年出産した『ダ・ヴィンチ』の細井さんに沐浴のしかたを取材したのだそうだ。

わたしたちは助産婦にうながされて沐浴室に移動した。

「セーター脱がないと、袖《そで》が濡《ぬ》れちゃうよ」と、わたしは東のセーターを脱がせようとしたが、東が毛糸の帽子を手で押さえるのでうまく脱がせることができず、わたしが帽子の天辺《てっぺん》を押さえて自分で脱いでもらった。東は抗癌剤の副作用で薄くなった頭を見られることを嫌い、眠るときも帽子をかぶったままだった。

「よろしいですか？」助産婦はわたしたちに確認すると、丈陽を手早く全裸にし、湯を張ってある洗い場に抱いて行った。

東は首のうしろを右手でつかんだ瞬間、「あッ、重いッ、落ちるッ！」と両手で丈陽のからだを支え、腕を固めてしまった。

「わたしがやるよ」とバトンタッチしたものの、片手で支え、もう片方の手で洗うということなどできそうになかった。

「できません」わたしは助産婦に丈陽を渡した。

「できないということがわかって、よかったじゃない」と東は落ち込んだわたしの気持ちを引きあげるような口調でいった。

「ひとりが首を支えて、もうひとりが洗うってやりかたもありますよ」助産婦が丈陽のからだをタオルで拭きながら助け船を出してくれた。

「それだ、そうしよう。ふたりでやればなんとかなるよ」東は呆然《ぼうぜん》と佇《たたず》むわたしの背中を叩《たた》いた。

一月二十七日、退院の日の朝、おむつをはずすと臍の緒が取れていたのだが、巻き貝の蓋《ふた》のような取れかたで、芯《しん》の部分は残って血が滲《にじ》んでいた。わたしはあわててナースコールのボタンを押して助産婦を呼んだ。

「きれいに消毒して糸で縛っておきます。もう沐浴の時間ですから、沐浴が終わったら杉本先生に診てもらいましょう」と助産婦は丈陽のコットベッドを押して病室から出て行った。

ちょうどそのころ、東はがんセンターでCTスキャンと内視鏡の検査を受けていた。スローン・ケタリングで四回、がんセンターで二回、計六回のタキソールの投与を終了し、その成果の有無を確かめる重要な検査だった。

丈陽を抱いたら両手が塞《ふさ》がり荷物を持つことはできないし、出生届を出すために区役所に直行しなければならないので、町田康さんと夫人の敦子さんと細井さんの三人にきてくれるよう頼んでいた。

出生届は、丈陽の父親である彼に提出してくれるよう頼んだのだが、「区役所で写真週刊誌に撮られたらいい訳できなくなる」という理由で断られてしまった。〈届出人〉の資格を有しているのは、

一　子どもの父あるいは母

二　同居人
三　出産に立ち会った医師
四　出産に立ち会った助産婦
五　出産に立ち会ったひと
六　父、または母以外の法定代理人

と規定されている。

主治医や助産婦に子細を説明するのはいやだし、二と五に当たる東は体調が優れない、かといってこのためだけに弁護士を雇うのも馬鹿《ばか》らしいので、母であるわたしが届け出るしかないという結論に達した。日を改めてとも思ったが、出生届は生後十四日以内に提出しなければならず、土日が入るので一日も猶予《ゆうよ》がなかった。

十時半に、康さんと敦子さんと細井さんが現れ、細井さんが荷造りをしてくれているあいだに、敦子さんが一階に行って会計を済ませ、小児保健部で一ヵ月検診の予約を入れてくれた。

そして敦子さんと細井さんとわたしの三人がかりで、病院の産着を脱がせて布おむつを取った。はじめての紙おむつを当てて、真新しい打合せの肌着に腕を通させ、カバーオールを着せて靴下を穿《は》かせ、帽子をかぶらせた。その様子をフィルムにおさめようとカメラのシャッターを押すたびに心臓の鼓動が高く速くなっていった。

丈陽を抱いて病院の外に出た途端、からだじゅうにひろがっていた不安が鳩尾《みずおち》あたりに凝結し、一月末にもかかわらず腋の下が汗ばむのを感じたが、丈陽を落とさないよう背筋を伸ばして周囲に目を配った。

康さんの運転する車で十二時半に渋谷区役所に着いた。敦子さんに付き添ってもらって戸籍係の窓口に行ったのだが、案じていた通り父親のA姓でも、母親の柳《ユウ》姓でもない、柳《やなぎ》という姓だということが珍しいケースのようで、何回も確認された挙句に奥で係官が集まってなにやら話し合いをはじめた。時間がかかりそうなので車のなかで待っている康さんのケイタイに電話して、丈陽と細井さんを自宅に連れ帰ってもらうことにした。

出生届の手続きを終えると、新しい保険証を作成するために丈陽の住民票とわたしの外国人登録済証明書が必要なので、二階の住民記録係と三階の外国人登録係で手続きをし、そろそろ出生届が受理され名前が呼ばれるのではないかと階段を下りているときに敦子さんのケイタイが鳴った。

わたしの自宅で丈陽のお守《もり》をしている細井さんからで、三時に取材が入っているのでもう出なければ間に合わないということだった。丈陽をひとりにしておくわけにはいかないので、駐車場で待機している康さんに丈陽を連れてきてもらうことにした。

出産の痛みと疲れでからだのそこかしこが軋《きし》みはじめ、ひと足毎《ごと》にめまいとふらつきが激しくなり、わたしは敦子さんにからだを支えてもらって、厚生部児童課の窓口で母子家庭への助成制度についての説明を受けた。十数分にわたって説明されたあとに、収入が多いためどれも適用外だと聞かされて怒りがこみあげたが、書けなくなったときのことを考えて、〈母子・父子家庭へのてあて〉〈ひとり親家庭のしおり〉をもらってきた。

すべての手続きを終えるのに二時間もかかってしまった。いったい出産直後の母親が出生届を提出するケースはどれくらいあるのだろうか。大抵のひとの戸籍には〈父届出〉と記載されている。わたしは後部座席に頭を預けて目を瞑《つむ》り、ふたたび瞼《まぶた》を開けてチャイルドシートのなかでぐったりしている丈陽の顔を見た。彼の戸籍には〈母届出〉と記載されるのだ。そして出生届の〈父母との続柄〉の欄には〈長男〉ではなく〈男〉と記載された。〈母届出〉と〈男〉という文言にこころを引っ掻《か》かれて、わたしは彼に対する恨みのような感情で頭のなかが焦臭《きなくさ》くなるのをどうすることもできなかった。

自宅に着いたのは三時過ぎだった。ミルクは九時に与えたきりだったので、敦子さんに手伝ってもらってリビングテーブルの上に積み重ねられていたベビー用品の箱のなかから、電子レンジ用の哺乳瓶消毒ケースと哺乳瓶の湯を五十五度に保つボトルウォーマーを捜し出し、説明書を読んでから洗剤で洗って調乳し、丈陽にミルクを飲ませた。

みんな朝からなにも食べていないことに気づき、出前を取ろうということになったのだが、時間が半端《はんぱ》でどこに電話しても準備中だった。敦子さんが、「冷蔵庫にあるものでなにか作りましょう」と台所に立ったとき、東が帰宅した。

わたしたちはベビーベッドの横のこたつに足を突っ込んだ。

「あなたにいうと、動揺するからいいたくないんだけど」東の唇は微《かす》かに緊張したが、目の平静さは変わりなかった。

「なに？　いってよ」わたしの声は上擦《うわず》っていた。

「タキソール、効かなかったみたいだよ」

「え？」

「肺も肝臓の癌《がん》もひとまわり大きくなってた。それに……いいたくないな」

「いってよ」

「内視鏡でわかったんだけど、食道の上のほうに転移したらしい」

わたしの目から涙があふれた。

康さんは視線を移してゆっくりと腰をあげ、和室から出て行った。

「癌がちょっと大きくなったくらいで泣いてどうするの？」

「だって、タキソールが効いてると思ったんだもん。縮小しなくても、せめて現状維持くらいはしてると思ってたから。なんのためにアメリカまで行って、毛が抜けて
……」

「泣いたってどうしようもないよ。なんとかつぎの治療を考えないと」とベビーベッドで眠っている丈陽を見た東の顔は真っ赤だった。コップに入れて飲んでいるのがウーロン茶ではなくてウイスキーだということは匂《にお》いでわかっていたのだが、注意はできなかった。

その夜から、わたしはベビーベッドのとなりにマットレスを敷いて眠ることになった。自宅に着いてから翌朝までに飲んだミルクの時間と量は、午後三時三十分八十cc、六時七十cc、七時四十分二十cc、九時十五分六十cc、二十八日午前零時三十分三十cc、二時二十分五十cc、四時三十五分百cc、七時三十分六十五cc、十時四十分百cc。

哺乳瓶を振って粉ミルクを溶かし、ボウルに水を入れて哺乳瓶を冷まし、ひと肌になったかどうか手の甲に垂らしてみて、まだ熱いようだったらさらに冷まし

過ぎた場合は湯を沸かして丼《どんぶり》に哺乳瓶《ほにゅうびん》を入れて湯煎《ゆせん》し、適温になったら丈陽を横抱きにして顎《あご》の下にガーゼを挟み、二十分から三十分かけて授乳し、飲ませ終わったら縦抱きにして背中をさすり、ゲップが出たらベビーベッドに寝かしつけ、哺乳瓶を洗って煮沸消毒する――、これを二十時間のあいだに九回もくりかえし、この作業の合間におむつを取り替え、うんこのときは脱脂綿で洗い流し、寝汗で湿った産着を着替えさせる――、朝、鏡で見てみたらたったひと晩でわたしの目の下には隈《くま》ができていた。これ以外に、丈陽の産着やバスタオルやガーゼの洗濯、東の食事の支度と家事――、出産直後だということを無視してフル回転したとしても、原稿を執筆する時間は捻《ねん》出《しゅつ》できそうになかった。

　せめて、タキソールが効を奏してくれていればよかったのに。不安で不安で、だれかを抱きしめるか、だれかに抱きしめられるかしなければ、こころが捩《ね》じ切れそうだった。丈陽の三千百十八グラムのからだはわたしの腕があまって交差してしまうほど小さく、そっと支えるのが精いっぱいだった。

　闘病、育児、執筆――、わたしたちが乗り込んだ方舟《はこぶね》は、海に乗り出した途端に時《し》化《け》に遭い、傾《かし》いでしまったようだった。なんとかひとつひとつ波を乗り越え、沈没だけはしないでほしかったが、海図も羅《ら》針盤《しんばん》も見当たらなかった。しかしもう二度と陸に引き返すことはできない。海は一面の暗黒、不気味な闇《やみ》のひろがりでしかなかった。

丈陽のむずかる声で眠りの浅瀬から引き摺《ず》り戻された。

股間《こかん》に鼻を近づけてみたら、臭い。おむつをはずすと、お尻《しり》と性器と腿《もも》の付け根にまでうんこがついていた。乾きかけたペンキのように皮膚にこびりついているので、いましたばかりではなさそうだ。

「ほかの赤ちゃんはうんこしたら気持ち悪がってすぐ泣くんだよ。あんたはなんで泣かないの？　泣かなきゃわかんないでしょう」とウエットティッシュで拭《ふ》き取ろうとしたら、足をばたつかせるので、わたしの手と丈陽の足にうんこがついてしまった。起きた途端に顔を洗う間もなくうんこと格闘している自分が情けなかったが、力強い足の動きを見ているうちにクックックッという笑い声に喉《のど》をくすぐられ、堪《こら》え切れなくなって噴き出した。胎内で蹴《け》っていたリズムと脚の動きが同じだったのだ。

「こうやって、あんたよく蹴ってたね」

蹴る力が強く、痛みで蹲《うずくま》ったこともたびたびだった。

わたしは東が眠っている部屋の前を爪先立《つまさきだ》ちで通り過ぎて洗面所に行き、脱脂綿を湯で濡《ぬ》らして和室に戻った。眼鏡をどこかに置いて見当たらないので顔を近づけて睾《こう》丸《がん》の裏や肛門《こうもん》のまわりを拭いていたら、おしっこが飛んできた。わたしの顔と髪だけではなく、ベビーベッドのシーツの下のマットレスまで濡れてしまった。ベビーベッドはレンタルしたものだ。

「やだ、もうッ」と丈陽をマットの上に抱き下ろし、ビニールシートを買わなければ、と頭のなかにメモしながら、ふたたび洗面所に走ってバスタオルをつかみ取った。

マットに染《し》み込んだおしっこをバスタオルで叩いていたら、背後であわあわという泣き声が聞こえた。首を捻《ひね》ると、丈陽が唇と手足を震わせている。シーツの染みに気をとられて、お尻が丸出しだということを忘れていた。紙おむつをお尻の下に敷いてテープを留めようとしたのだが、あわてていたので膚《はだ》にくっつけてしまった。はがすときに痛かったのか、丈陽はさらに声を張りあげて泣いた。病院にいるときは心配なほど泣かなかった丈陽が自宅に連れ帰った途端に、ほかの赤ん坊並みに泣いている。

ベビーベッドに戻して毛布をかけてやり、眠り直そうと布団《ふとん》にくるまったのだが、丈陽は泣きやんでくれない。眠気で半濁《はんだく》した頭で、ミルクは何時にあげたっけと考えたが思い出せず、舌打ちして上半身を起こし枕《まくら》の横に置いてあるメモ帳を見てみると、七時三十分六十五ccと書いてある。もう三時間経《た》っている。わたしは眠ることをあきらめて溜《た》め息とともに立ちあがり、泣きつづける丈陽に一瞥《いちべつ》を投げ下ろしてから台所に行った。そういえばおしっこをかけられた顔と髪を洗っていない、と思いながら調乳し、丈陽を抱いてリビングのフローリングの床に腰を下ろし、丈陽の口に哺乳瓶の乳首を押し込んだ。そして頭を壁に預けて両目を閉じた。育児本には、〈やさしく語りかけ、目を見詰めながら楽しく飲ませてあげてください〉と書いてあるが、そんな余裕はない。昨日東の癌が増悪したということを聞いたせいもあるのだが、精神が張り詰めて眠ることができなかった。

ドアがひらく音で目を開けると、紺のチェックのパジャマに黒の毛糸の帽子をかぶった東が立っていた。靴下もスリッパも穿かず、裸足《はだし》だった。

「今夜はおれが和室で眠るよ。交代でやらないと、からだが持たないでしょう」

わたしは丈陽を抱いたまま東の部屋に行き、靴下とスリッパを東の足の前に置いた。

「普通のからだだったらお願いするけど、具合悪いんだからやめたほうがいいよ。ちょっと洗濯機まわしてくるから、ゲップ出させてあげて」と、わたしは東に丈陽を渡した。

東は丈陽を縦抱きにして背中をさすった。赤ん坊の胃はとっくり型で入口のしまりが悪い上に、ミルクといっしょに空気を飲み込むので、ゲップをさせないと吐いたときにミルクが詰まって呼吸ができなくなってしまうのだ。

わたしは夜中のあいだに丈陽の汚れものを入れておいた籠《かご》を抱えて脱衣室に行き、洗濯機をまわそうとして、沐浴《もくよく》をさせたらガーゼやバスタオルも洗わなければならない、洗濯はあとまわしにしよう、と思い直し一時停止ボタンを押してリビングに戻った。

「ゲップ出ないよ」東は目の高さが同じになるまで丈陽を抱きあげた。

「じゃあ、タオル丸めて背中にあてて寝かせよう。横向きにしとけば、吐いても窒息《ちっそく》しないっていってたから。それより、いま十一時でしょう。八時から二時ぐらいまでのあいだに沐浴させたほうがいいっていってたよね」

「じゃあ、入れる？」

「ミルク飲ませて一時間は入れちゃだめなんだって」

「用意しとこう」

「どこで洗う？　風呂場《ふろば》？」

「風呂場にふたり入るスペースがないから、脱衣室でやろう」

「でも、脱衣室は寒いんじゃない？」

「電気ストーブ持って行く?」

「五分か十分で手早く済ませろっていってたから、すぐバスタオルでくるめばだいじょうぶじゃない?」

「湯の温度は何度だっけ?」

「夏三十八度。冬四十度」

東はレンタルのベビーバスを洗いに風呂場に行った。

わたしは助産婦に教わった通りにおむつを産着《うぶぎ》の上に重ね、臍《へそ》の緒の消毒液の蓋《ふた》を取って綿棒を用意しておいた。

「さぁ、やるか」ズボンの裾《すそ》をたくしあげ腕まくりをした東が迎えにきた。

わたしたちはベビーバスの左右に座り、東が右手で丈陽の首を支え、左手で大判のガーゼを裸体の上にひろげた。

わたしは深呼吸をして、石鹸《せっけん》を髪になすりつけた。

「髪じゃなくて、顔からでしょ」

「あっ、どうしよう!」わたしは腰を浮かせた。

「顔はあとでも拭けるから、つづけてよ」

動転したわたしはガーゼを絞らずに髪を流してしまった。

「なにやってるの！　耳にどこどこ水が入ってる！」

「ほんとだ、あぁ、あぁ、どうしよう」

「あなた、落ち着いてよ」

「どうしよう」

「お湯がぬるくなって寒がってる。十分経ってるから、今日はもういい。早く掛け湯して」

　わたしは東がベビーバスの横に用意してくれた洗面器の湯を丈陽のからだにかけた。東が抱きあげた途端に丈陽はいままで聞いたことのない甲高い声で泣いた。わたしは震える手で洗濯機の上にひろげておいたバスタオルで丈陽をくるみ、和室に走って行った。

「走らないで！」東の声が飛んできた。

「ごめん、ごめんなさい」と謝りながら、わたしは丈陽のからだをバスタオルで拭き、臍の緒を消毒し、肌着を着せておむつを当ててから、動かないよう顎《あご》を押さえつけて耳のなかに入ってしまった水を綿棒で拭き取った。

　東がベビーバスを洗う音が非難がましくわたしの耳に響いた。和室と浴室はとなり合っているので水音がよく聞こえるのだ。

しばらくして東は和室に入ってきた。

「ミルク作る？」

「うん、お願い」わたしは東の顔を見ずにいった。失敗したことがうしろめたかったのだ。

東は調乳したミルクを流水で冷まして、椅子《いす》に座った。

「こっちを頭にして」

「だいじょうぶなの？　左腕痛いでしょ？」

「だいじょうぶ」と東は痛む左腕を椅子の肘《ひじ》掛けに固定し、丈陽の頭を乗せた。そして右手で哺乳瓶を握って丈陽の口に持って行った。

「丈陽くん、耳に水入れちゃってひどいお母さんだね」

「間違いに気づいた時点で真っ白になっちゃって」

「あッ、髪、汚いッ。取ってあげて」と東は顎をしゃくって、丈陽の顔を指した。

わたしは丈陽の額に落ちた東の髪の毛をつまみ取った。タキソールの投与は終了したのに、脱毛は止まる気配を見せなかった。

深夜の授乳が終わったとき、わたしは鼻を鳴らす丈陽を抱きあげ、唇で耳を塞《ふさ》いで、

「子豚ちゃん」とささやき、「子豚ちゃん、子豚ちゃん、子豚、子豚、子豚ちゃん」と節《ふし》をつけて揺すった。見舞い客がいるときは子どもに関心がないように振る舞ったが、だれもいないときを見計らって「子豚ちゃん」といって抱きしめ、頬と頬をくっつけたり、尖《とが》らせた唇で眉《まゆ》や鼻のラインを擦《こす》ったりしていた。可能ならば、猫の親のように舐《な》めまわして全身をきれいにし、首を甘嚙《あまが》みして移動させたいほど、やはり、いとおしかった。しかし、それと同時に無性に照れ臭く、「丈陽」という名はまだ一度も口にしていなかった。

わたしは丈陽を自分の布団のなかに入れて、横になった。

横顔を見詰めた。似ている。女の子だったら、男の子でもわたしに似ていたら、彼と切り離して見ることができたろうに——、あまりにも似ているので、そんな風に見てはいけないと自分を諫《いさ》めてはいるのだが、どうしても重ね合わせてしまう。

昨年のいまごろは、彼に恋していた。彼がとなりで眠っていても彼の夢をみ、彼が帰った夜は睡眠薬を飲まなければ眠れないほど、彼のことだけを思っていた。

一年経って、わたしは彼の子どもを抱いている。彼とは別れた。逢《あ》いたくても逢えなかったのか、逢えるのに逢いたくなくて逢わなかったのかは、いまとなってははっきりしない。あるのかないのかわからないあの世や来世では何の蟠《わだかま》りもなく逢えるのかもしれないが、おそらくこの世では再会できないだろう。

彼のことを考えると、哀《かな》しくなる。未練ではない。未練というのは、思いを切れないことだ。思いは、切った。なのに、なぜ、哀しくなるのだろう。なにがしかの感情が残っていなければ哀しくなどなるはずがない。彼にとっては妻こそが必要な存在で、わたしと丈陽は不要で邪魔なだけの存在だったということは、確かに哀しい。だれかに求められ、必要とされ、選ばれるほどうれしいことはないし、だれかに疎《うと》まれ逃げられ棄《す》てられるほど哀しいことはない。ましてや、わたしは彼の子を妊娠しているときに、丈陽は生まれる前に実の父親に棄てられたのだ。けれど、棄てられた哀しみよりも、手に入れることが不可能な幸福への憧《あこが》れのほうが強い。

――わたしは不幸なのだろうか。丈陽は不幸なのだろうか。東は不幸なのだろうか。幸福だといい切ることはできないが、不幸ではないと思う。三人が三人ともほかのふたりが必要だという強い動機に支えられていっしょに暮らしているのだ、東の癌《がん》さえ完治すれば、幸福だといってもいい過ぎではないはずだ。けれど、幸福というのは、自分を説き伏せ納得させて実感するものではない。なにも考えなくても、感じるものなのだ。彼とつきあっていたときは、幸福だと感じる瞬間があった。彼との関係は跡形もなく崩れ去ったが、だからといってそのときの幸福まで否定してしまったら哀し過ぎる。不幸というものは状態で、一度居座ったら動かすのは困難だが、幸福は状態ではなく、瞬間のなかにしか存在しない、一瞬一瞬煌《きら》めいて消え去るもののような気がする。別れたのに子どもを生めたのは、つきあっている時間は短かったにもかかわらず、幸福だと思える瞬間がたくさんあったからだ。

鼾《いびき》をかいて眠りはじめた丈陽の横顔を見ているうちに、ふたたびどうしようもない哀しみがこみあげ、わたしは瞼《まぶた》を下ろした。彼は去ったわけではない、一寸法師のように小さくなってとなりで眠っているのだ、と御伽話《おとぎ》のようなことを考え、その考えに慰められて数秒後に眠りに落ちた。

深夜から明け方にかけて五回も授乳やおむつ替えで起こされ、うたた寝をしていたら、東が和室の戸を開けた。

「二時だから、そろそろ風呂に入れないとだめなんじゃない？」

「うん、起きる」とわたしはあわてて丈陽をベビーベッドに移した。

「添い寝の味をおぼえさせたら、あなたといっしょじゃないと眠れなくなるんじゃない？」と東にいわれ、わたしは情事を盗み見られたかのように赤面した。

「風呂に入れよう」

「支度していいのね」

「いいよ」わたしは立ちあがって和室の電気をつけた。

「今日はなにも考えないで、おれが指示する通りにやってよ」と東は腕まくりして浴室に行った。

湯に浸《つ》けると、丈陽は眉と唇の端を下げ泣きそうになった。

「丈陽くんは餅膚《もちはだ》だね。色白で、染《し》みひとつない膚で、ちょっと貴乃花《たかのはな》に似てるね。体格がいいから、相撲取りになるかな？」

と東が微笑《ほほえ》みかけると、丈陽は東の顔を不安げに見あげた。

「ガーゼを指に巻いて目頭から目尻《めじり》、はい、もう一度濡《ぬ》らして、絞って、ガーゼの面を替えて今度は左目、そう、つぎは額、額の次は鼻と顎だからね」

という東の指示に従って、わたしはなにも考えずに丈陽のからだと自分の指先だけに集中した。

「あっ、あくびした。丈陽くん、あんた度胸あるね、大物になるよ」と東は朗らかな笑い声をあげた。

からだの隅々まで洗って、もう終わりだとほっとしたのがいけなかったのだろう、丈陽の顔に掛け湯をしてしまった。

「なにするの！　せっかくいい気持ちでお風呂に入ってたのに！」と東は怒鳴った。

わたしは棒立ちになり、東は真っ赤な顔で泣きわめいている丈陽をタオルにくるんでベビーベッドに連れて行った。

わたしは洗面台の鏡のなかの自分の顔をにらみつけてから、ベビーバスを洗って和室に行った。

「汚い水いっぱい飲ませちゃった。だいじょうぶかな？」

「だいじょうぶかどうかは、明日になってみないとわからない」東はベビーベッドの丈陽から目を離さなかった。

「沐浴、自信ないな」

「慣れだよ」

「わたしはきっと慣れないと思う。二日連続で失敗しちゃった」

「今日のは失敗じゃないよ。掛け湯を除けばうまくいったじゃない。おれはちょっと疲れたからベッドで横になるね」

わたしは丈陽のバスタオルや産着などを洗濯機に入れてまわした。洗濯槽が回転するゴォーッという音とともに、東がいなくなったらどうなるのだろうという不安が頭を過《よ》ぎった。わたしは洗濯機の蓋を閉めずに、しばらく洗濯物がまわるのを眺めていた。ぜったいにひとりでは育てられない。丈陽とわたしがふたりきりで生活している光景は想像すらできなかった。

洗濯物を干すために寝巻きのままでベランダに出た。

わたしの部屋と東の部屋はベランダでつながっている。

カーテンが開いていた。

東は身じろぎもしないで天井を見詰めていた。

わたしと東はガラス一枚で隔てられているだけだが、姿は見えても、声は届かない。こちら側とあちら側、この世とあの世、と思った瞬間、洗濯物を持った手が凍りついた。陽が傾きはじめたばかりだというのに、鳥の囀《さえず》りも、車が走る音も、風の音さえ聞こえず、世界は死に絶えてしまったようだった。早く視線を感じ取ってほしかった。さもなければ眠ってほしかったのだが、東はいつまでも瞼を閉じず、布団《ふとん》の上で両手を組み合わせたまま動かなかった。わたしはそうっと自分の部屋に戻り、音がしないようにガラス戸を閉めて、その光景から逃れた。

薄暗い和室に戻ると、丈陽も目を開けて天井を見ていた。わたしは怖くなって、丈陽を抱きあげた。丈陽のほうが、東より死に近い気がする。腕をほどいて落としたら、死んでしまう。ベビーバスに沈めたら、死んでしまう。ミルクを飲ませなかったら、死んでしまう。ベランダに出して放置しておいたら、死んでしまう。この子は自分ではなにもできない、痛みや苦しみを泣くことでしか訴えられないのだ。わたしは腕のなかの存在のあまりの非力さにおののき、口のなかでその名を試してみた。丈陽、丈陽、丈陽。そして片言のように話しかけた。

「丈陽、ママ、いっしょ」

母子手帳の「保護者の記録」のページをめくってみた。

【3～4カ月頃】の質問項目には〈首がすわりましたか〉〈あやすとよく笑いますか〉〈見えない方向から声をかけると、そちらへ顔を向けますか〉などがあり、【6～7カ月頃】には、〈寝返りをしますか〉〈おすわりをしますか〉〈からだのそばにあるおもちゃに手をのばしてつかみますか〉〈家族といっしょにいるとき、話しかけるような声を出しますか〉〈離乳食を喜んで食べていますか〉などがあり、【9～10カ月頃】には、〈はいはいをしますか〉〈つかまり立ちができますか〉〈機嫌よくひとり遊びができますか〉〈歯について、生え方、形、色など気になることがありますか〉。【1歳の頃】には、〈つたい歩きをしますか〉〈バイバイ、コンニチハなどの身振りをしますか〉〈大人の言う簡単なことば（おいで、ちょうだいなど）がわかりますか〉。【1歳

6カ月の頃】には、〈ひとりで上手に歩きますか〉〈ママ、ブーブーなどの意味のあることばをいくつか話しますか〉〈自分でコップを持って飲めますか〉。【2歳の頃】には、〈走ることができますか〉〈スプーンを使って自分で食べますか〉〈クレヨンなどでなぐり書きをしますか〉〈テレビや大人の身振りのまねをしますか〉〈2語文（ワンワンキタ、マンマチョウダイ）などを言いますか〉〈肉や繊維のある野菜を食べますか〉〈歯みがきの練習をはじめていますか〉。

わたしは母子手帳の質問を読みながら、嗚咽《おえつ》していた。丈陽はひと月毎《ごと》、一日毎に昨日できなかったことが今日できるというかたちで成長していく。

東は——、がんセンターの放射線科の医師に、「何年くらいで食道が塞がるまで癌が大きくなりますか」と訊《たず》ねたら、その医師は「年単位ではなく月単位ですよ」と答えたそうだ。

丈陽とは逆に、東はいままでできたことが月単位でできなくなっていくのだ。歯みがきができなくなり、肉や繊維のある野菜を食べられなくなり、走れなくなり、自分でコップを持てなくなり、ひとりで上手に歩けなくなり、つたい歩きもできなくなり、つかまり立ちもできなくなり、寝返りも打てなくなる——、東もまた月齢を生きているのだ。

「この子にはいろいろなことを教えてやらないといけない。完治したいといってるわけじゃない。五年生きたいともいっていない。たった二年、丈陽がヒガシサンといって駆け寄ってくるまでは生きていたい。丈陽が二歳になるまではぜったいに死なない。どんなことをしても延命する」

と東は何度もわたしに約束した。

そしてわたしも、なにと引き替えにしても、二年間は三人で暮らしたかった。死神が取り引きしてくれるならば、わたしは喜んで、東を二年延命し、わたしを二年で絶命してほしい、と申し出ただろう。

たいせつなものは、失いかけたときにはじめて、いかに失ってはならないものだったかということを思い知らされるのだ。自分の子や親や伴侶《はんりょ》に愛情を抱いているとしても、日々失ってはならないと意識しながら生きているわけではない。ほんとうはすべてのひとの命が日々失われているというのに、そのことに鈍感になっている。いや、鈍感にならなければ生きていけないのだ。しかし鈍感さがさらに進むと、たいせつなものの存在が空気のように意識から抜け落ちてしまう。

いま、わたしのてのひらの隙間《すきま》から時間の砂がこぼれている。水や空や樹木などの美しい自然に囲まれているわけではないし、打ち上げ花火や観覧車や夏の渚《なぎさ》などで彩《いろど》られているわけでもなかったが、日常の一秒一秒がきらきら、きらきらと発光しはじめた。取り返しがつかない、逆さにしてやり直すことができない砂時計、砂がわずかになったときに落ちる速度が早まるように見えるのは錯覚なのだろうか。わたしはそのひと粒ひと粒に目を凝らし、ひと粒ひと粒が落ちる音に耳を澄ました。

東もわたしも余命という言葉が嫌いだった。余命などというものは存在しない。命ある限り、命が尽きるその瞬間まで生きるだけだ。

一月末の明るく寒い日、東と丈陽の命のあいだで、そのどちらともに引っ張られ、千切れそうになりながら——、わたしは生きていた。

あとがき

東由多加は四月二十日午後十時五十一分に永眠した。
実は、死の数日前に本書の〈あとがき〉を書きはじめていた。

東由多加とわたしと丈陽は、まだ生きている。東は命を保ち、〈国立がんセンター中央病院〉での昨年七月の所見が、「治療をしなければ一ヵ月、治療しても八ヵ月」だったのだから、三月を過ぎた時点で奇跡の領域に足を踏み入れているのだと考えてもおかしくないのではないか。

五月十二日は、東由多加の誕生日である。

生活をともにしていたころ、いや、別れてからも、毎年十二日の前後にデパートに行き、東に似合いそうなサマーセーターやシャツや靴などを東とふたりで選んだ。

昨年はその月に妊娠したということもあって、十五年間のつきあいのなかではじめて誕生プレゼントを贈らなかった。そして、七月初旬に癌《がん》の末期だということが判明した。

今年は――、どんなに考えても、なにを贈ったらいいのかわからない。

病院の泊まり明けに書いた。

がんセンターの主治医の室先生に、「一週間先は見えません」と死が間近に迫っていることを知らされ、ひと月が過ぎたころだ。まさに末期の末期という症状がからだのあちこちに顕《あらわ》れ、転院先の〈昭和大学附属豊洲《とよす》病院〉の主治医である佐藤温《あつし》先生には、「数日以内に亡《な》くなってもおかしくない状態です」といわれていたのだが、二十四時間態勢で付き添っていた北村易子さんと大塚晶子さんとわたしは東にそのことを隠し、隠すための嘘《うそ》を吐《つ》いているうちに東とともにその嘘を信じ、東がいうように、最低でも半年、うまくいけば年単位の延命が可能な気がしてきていたのである。

だから、わたしにとって、東由多加の死は急死だった。芝居を演じている最中に、なにものかに舞台上から突き落とされ、あわてて舞台に這《は》いあがろうとしたら幕を下ろされ芝居は終わってしまったような――と形容すれば、すこしはわたしの精神状態を理解してもらえるだろうか。

いまでも東はどこかの病院に入院していて、治療をつづけているような気がしてならない。いま、目の前に置いてある骨壺《こつつぼ》が東のものだとは信じられないのだ。

わたしはこの〈物語〉を書くことで、生きていく決意を固めたかった。昨年半ばに妊娠と癌がほぼ同時に発覚してからというもの、わたしは生きること自体を迷いつづけた。現実に言葉の杭《くい》を打ちおろし、その一字一字にしがみついていなければ、現実の濁流に飲み込まれ溺死《できし》しそうだった。しかし、書けば書くほど、いったいどうやってこの〈物語〉を終わらせればいいかわからなくなっていった。奇跡が起きて東の癌が完治すれば〈物語〉は完結するだろうし、東の命が尽きたら〈物語〉は崩壊するかもしれない。そして〈物語〉が終わったら、生きていけないのではないか——、そう思いながら書き進めた。

東は何度もわたしと死後の話をしようとした。

「食道が癌で塞《ふさ》がって食べられなくなって遣《や》られるんだと思ってたけど、肺だな。肺の癌のほうが進行が早い。最短では半年、もちろん一年以上延命できる可能性もあるけど、競馬でいうと第四コーナーを曲がったところのような気がするんだ。そこでムチを入れるわけではないけど、そろそろこころがまえをしておいたほうがいいよ。丈陽がいるんだから、あなたには死んでもらっちゃ困る」

「こころがまえなんかしたくない。そんな話をしたら、死期が早まるような気がする。生きるために治療をしているのだから、生きていく話をしようよ」

東がその話を切り出すたびに、わたしは泣いた、泣きじゃくったといっても大袈裟《おおげさ》ではない。東に頼んでもどうしようもないのに、「死なないでよ、ねぇ、お願いだから死なないで！」としゃくりあげた。

東はあの世に逝《ゆ》き、わたしと丈陽はこの世に取り残された。東とは、もう逢《あ》うことはできない——、日に何度か、死後の話をしておけばよかったと悔やんだりもするが、悔やんでもどうしようもない、東は死んでしまったのだ。呼んだって、還《かえ》らない。話しかけたって、答えはない。もう二度と、二度とだ——。

もうすぐ四十九日が訪れるが、どんなことがあっても丈陽とふたりで生き抜く、と決意を表明することはまだできない。その決意ができるまで、わたしはこの〈物語〉を手放せない。そしてなによりも、東と話をすることができるのは、〈物語〉のなかだけなのだ。

最後に、本書を出版するに際して――、この〈物語〉に登場するすべてのひとに、そして〈物語〉を全力で支えてくださった小学館の飯田昌宏さんに、この場を借りてこころよりお礼申しあげます。

二〇〇〇年五月三十一日

柳　美里

疑いのない深い絆《きずな》

リリー・フランキー

この作品を愛する、数多くの読者がそうであるように、僕にとっても「命」は特別な感情がある。

僕がはじめて、この「命」を手に取ったのは、母の枕元《まくらもと》だった。

その時、母は末期の胃癌《いがん》に冒されており、そこにあった一冊の「命」は、最後の入院をする際に、自宅から母が持ち込んだ数冊の本の中の、ひとつだった。

病室に簡易ベッドを入れてもらい、そこで寝起きをしながら、母に付き添う日が続いた。母の傍ら。薬の副作用で肌の色がくすんでしまった母の手を握りしめる一日が繰り返されていた。

日ごとに衰弱してゆく母を見つめては、ただ祈ることしかできない自分の無力さを嚙《か》み締めて、その日が、また、終わっていく。

そして僕は、母の病気を、消え入りそうな母の命の運命を、受け止めきれないでいた。

医師が日常会話のように吐く「余命」という言葉。無論、それを認める気持ちはなかったけれど、僕のしていることといえば、根拠のない奇蹟《きせき》と、根拠のある悲観を、五分ごとに考え連ねるだけだった。

頭の中と、心の奥は敏感にチクチクと動きもがいているのに、逆に身体《からだ》は、すべての指先にまで砂鉄が詰まっているようで、重たく、動かない。

泣きながら奇蹟を夢見る気持ちは、つまり現実逃避である。

病気と闘う母の隣で声を掛け、励ましていても、実はそうしている僕が、病気に負けていたのである。気力も行動力もなくなり、僕は心の中に感染した、レントゲンには写らない癌にやられていたのだ。

そんな時、眠る母の枕元から手に取ったのが、柳美里さんの「命」だった。

しかし、そのページをめくり、物語が中盤にさしかかるよりも前に、僕はその「命」を閉じてしまう。

この作品を冷静に読める精神状態ではなかった。力を失い、怯《おび》えていた僕の心は、その中に登場する克明な癌治療の描写、薬品の名前や様々なディテールに、目をそむけた。
読む以前から、話の大筋は知っていたため、読み進むうちに起きるであろう「死」という結末に、気持ちは重く、真っすぐに向き合うことをしなかった。自分の状況と作品が混ざり合い、いたたまれず、読み続ける勇気を持てなかったのだ。

そして、母の死から一年が過ぎた頃、僕は、はじめて柳美里さんにお会いした。挨拶《あいさつ》のあと間もなく、僕は柳さんに言った。

「亡《な》くなった母が、病室で柳さんの『命』と相田みつをの本を、読んでいました」

照れ臭くて、その微妙な組合わせを、わざと冗談めかして言うと、柳さんは「そうですか」と、はにかむように微笑《ほほえ》んでくれた。

情けない話だが、母の死から数年が経《た》った今でも、僕は母の遺品に触れることができないでいる。遺品の整理も、引越の時も、僕はそれに手をつけることをしなかった。

そして、柳美里さんの他の作品は読ませていただいていたものの、この大ベストセラーである「命」に関しては、そんな事情から、あの日のまま、前半でそのページを閉じたまま、再び本を開くことを避けていた。

そういう、大変失礼な状態で御本人にお会いしたのである。

今回、本書の解説文を柳美里さんより御指名いただき、そのいきさつから身勝手な運命を感じて驚いたのと同時に、見透かされたようでもあり、また、次第に思い出されるあの病室の風景が戸惑いや、ためらいを生む。

歴史的名著の巻末を汚《けが》すことへの正直な重圧と、心電図と並んだ母の寝顔の面影が、一緒になって、身体に重くのしかかってきた。

お話をいただいて数日、憂鬱《ゆううつ》な砂鉄がまた、僕の身体に積もりはじめ、あの時のように現実から逃避しようとする。

しかし、何度目かに柳さんとお会いした時、柳さんの言った言葉が、僕の心にずっと残っていた。

「一生、爪先《つまさ》き立ちで重いものを背負って歩いていたい。踵《かかと》がついちゃったら、表現者としておしまいだと思ってます」

数々の作品からも、その志は感じとってはいたものの、実際にその言葉を耳にしてから、僕自身の表現に対する意識や生きかたの価値は少しずつ、確かに変わっていた。なまけた考えが身体を蝕《むしば》みそうになる時、柳さんの言葉を思い出し、爪先きに力を入れている。

改めて、「命」のページを開いた。一字一句、目で焦《こ》がすほどの力で読んだ。

そして、僕は激しく後悔をした。なぜ、あの時、母の枕元にいた日、途中でこの「命」を閉じてしまったのだろうかと。

また、僕はわかった。どうして、死期の迫った母が、この「命」を病室に持ち込んでいたのかを。

身体の周囲を、たくさんの焚火《たきび》に囲まれたようだった。瞳《ひとみ》の奥から身体の中へ、温度がどんどん伝わってゆく。のどの奥へ、内臓の中へ、指先きへ。

三つの大きな炎。それらの炎を、遠くから、時に近くから、見守りながら熱する、いくつもの炎。そのすべての炎が、読む者を取り囲み、温度は内側に染《し》み込んでゆく。

薪《たきぎ》の弾《はじ》ける音がする。炎の吹き上がる声がする。揺れながらも立ち上がる、火の粉のたくましさが見える。

命が、不純物なく燃えるときに薫る、美しく、あたたかい匂《にお》いがする。

僕はあの時、大きな勘違いをしていた。

この物語を、逝《い》く人と残された人との間にある、悲しいお話なのだと、勝手に思い込んでいたのである。

確かに、悲しい出来事は起きる。しかし、これは悲劇ではない。なぜなら、この作品の中には悲しみに暮れる人はひとりもいないからである。

不幸は訪れていても、ここには不幸せな人など誰もいない。脆《もろ》く崩れても、醜さがない。スキャンダラスであっても、不真面目《まじめ》ではない。

それは、この中で描かれたすべての命が、激しく、その生命を躍動させているからだ。

生をうけて、生まれてくる命。

生というかたちを、失おうとしている命。

そして、そのふたつの命を両手で強く握りしめ、力の限り、命の限りを尽くしている命。

それぞれの命が、持てる命のすべてを漲《たぎ》らせて、生きようとしている。やがて、状況の違った三つの命は、その燃えさかる炎から絆を生み、絆は三つの命を溶接して、ひとつの大きな命となってゆく。

人々がこの世界の中で恐れ、悩むもの。

それは、命のおわりと不確かな関係である。

いつか訪れる死の恐怖に怯えながら、人と人とのつながりを疑い、心擦《す》り減らし、不安をつのらせる。肉親にも、愛する者へも、確かなつながりを確信することが出来ず、そこから噴出する孤独は、死に対する恐れを更に煽《あお》りたてる。

相手の心を探りながら交わり、深くなればなるだけ懸念を抱くことしかできない。確かなるなにかを求めて、踏み込めば傷つき、離れれば捻《ねじ》くれ、自信の持てない曖昧《あいまい》な人間関係の中で、唯一《ゆいいつ》、確かな存在は自分に訪れる死。

現代人が抱《かか》える「死」の恐怖と、「絆」への疑い。

本作が、数多くの人々から愛され、読み継がれてゆくであろう理由。それは、人々が苦しみながら抱え、投げ出しかけていた「死」と「絆」への不安に、作者である柳美里さん自身が身をもって闘い、全力でもがき、なおかつ正面から向き合おうとする、その姿にあるのではないだろうか。

〃死を恐れることよりも、もっとも尊重しなければならないのは、生きることではなく、いかに生きるかということである〃という紀元前の言葉を今に伝えながら、疑いのない深い絆というものは現実に、確かに存在するのだと、体験をもって証明してくれる。

そして、その絆を手にするためには、どう生きなければならないのか、それを示してくれる。

この物語における感動は、決して涙を流すための感動ではない。人間の生命、心、魂を信じられた時の、希望に満ちた、晴れやかなる感動なのである。

読後、湿気《しけ》って傷《いた》んでいた心のどこか、弱くてずるいどこかに、ゆっくりと火をつけられ、燃やされたような気分になった。

あの時、この「命」のページを最後までめくることが出来ていたなら。もっと、母になにかしてあげられたのではないかと、今になって強く悔やんでいる。同じような状況でも、命の限りを尽くして闘う柳さんの献身を知ることで、ふさぎ込んでばかりの介護を続けていた僕は、顔を上げ、爪先きに力を込める力と勇気をもらえたかもしれない。

涙を流しても歯を喰いしばり、倒れても立ち上がり、祈るよりも先に、可能性の限り、力の限りを、自らの足で立ち、求め歩かなくてはいけなかった。

その結果はどうであれ、奇蹟を祈る時でさえも踵を上げ、爪先き立ちで祈らなければいけない。指先きに力を込め、爪先きで地面を噛み、たった数センチでもそこに近づこうとしなければならない。それが無様に見えても、無意味に思えても、足掻《あが》き続けなくてはいけない。

もし、この世に奇蹟というものが本当にあるのだとしたら、それはたぶん、重いものを背負っても爪先き立ちで求め続ける者の踵の下。震えながらも少しだけ浮かんだ、踵と地面のたった数センチの間。

その、ほんの少しのすき間に奇蹟はやって来るのだから。


母は病床で「命」を読みながら、生きようとしていたのだと思う。

「実験というのは変だけど、いったいアメリカの先端医療がどの程度のものか身をもって体験してみようと考えているんです。柳さんがそのことを書いてくれれば、日本の癌患者にとっては新しい情報になるかもしれない。癌になって癌関係の本を何冊か読んでみたんだけれど、癌に克《か》つとか、癌と共生するとか精神論が多過ぎる気がするんです。ぼくは癌になったら治療すべきだと思う。現代医学の限界がどこまでかがわからないから、みんな補助栄養剤や精神論に頼っているんじゃないかな。すこしは役に立って死にたい」

癌に病みながらも気丈に渡米し、未知の治療を身をもって体験しようとする東由多《ひがしゆた》加《か》さんの姿に、母は勇気をわけてもらったことだろう。そして、その情報を他の癌患者に生かそうと考える、東さんの命の姿勢に〝いかに生きるか〟を教えられ、心熱く、安らかに感じていたことだろう。

また、丈陽《たけはる》くんが小さな命を躍動させながら生まれてくる場面では、かつての自分の情景を思い出していたかもしれない。

母がその昔、僕を出産した時のこと。激痛にもがき叫び、そして、ひとつの命を産み出した日のこと。その奇蹟を手にした自信と誇りを思い出し、もう一度、自らの生命力を蘇《よみがえ》らせたかもしれない。

体調がすぐれない時でも、母は枕元にある数冊の本のどれかを手に取った。身体を心配して、僕が本を取り上げると、「この人たちの本を読むと気が楽になる」と言った。その言葉の意味が、今は、よくわかる。

僕は今まで、自分の仕事を恥じたことは一度もないけれど、母親に見せるとなると、それはまた別の話で、結局、母に仕事の話をしたり、自分の本を読ませるようなことはなかった。母は勝手に僕の本を探し出してはこっそり読んでいたようだけど、最後まで僕は、母に自分の本を手渡すことがなかった。

母の病室の枕元には、僕の本はなかった。自分の母親の痛みを癒《いや》せるような本を、僕は書くことが出来なかったけれど、きっと、母の愛した「命」の解説に僕が原稿を寄せさせていただいたことを、母は喜んでいると思う。

「オカン。おれ、柳美里さんの『命』の解説を書かしてもろうたんよ」

「まぁ、本当ね。すごいやないね。そうね。良かったねぇ」

僕と母は、このことを誇りに思います。そして、病室で痛みに耐える母を癒してくれたこの「命」に感謝します。

命の重さをつかみあぐねて、戸惑うたくさんの人たち。その人々の命がうつ向いて、凍えないよう、すべての人がこのあたたかい本に出会うことを祈っています。

二〇〇三年初冬

（平成十五年十二月、イラストレーター）

この作品は平成十二年七月小学館より刊行された。

JASRAC　出0315406-301

命《いのち》　命四部作 第一幕

新潮文庫　ゆ - 8 - 5

平成十六年一月一日発行

著者　柳《ゆう》美《み》里《り》

発行者　佐藤隆信

発行所　株式会社新潮社

郵便番号　一六二―八七一一
東京都新宿区矢来町七一
電話 編集部(〇三)三二六六―五四四〇
読者係(〇三)三二六六―五一一一
http://www.shinchosha.co.jp

価格はカバーに表示してあります。

乱丁・落丁本は、ご面倒ですが小社読者係宛ご送付ください。送料小社負担にてお取替えいたします。

印刷・錦明印刷株式会社　製本・錦明印刷株式会社

ISBN4-10-122925-2 C0193